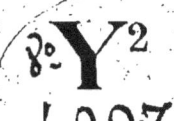
PRIX : **60** *centimes.*

ARTIAL-MOULIN

LE CURÉ

COMBALLUZIER

PARIS

ERNEST FLAMMARION, ÉDITEUR

26, rue Racine, 26.

LE CURÉ COMBALLUZIER

OUVRAGES DU MÊME AUTEUR

ÉMILE COLIN. — Imp. de Lagny.

MARTIAL MOULIN

LE CURÉ
COMBALLUZIER

PARIS
ERNEST FLAMMARION, ÉDITEUR
26, RUE RACINE, PRÈS L'ODÉON

LE
CURÉ COMBALLUZIER

LE CURÉ COMBALLUZIER

Le régiment n'avait point recruté cette année-là. Deux engagés volontaires lui arrivèrent isolément, comme des intrus ; deux pauvres hères, sans argent et sans protecteurs, le dénommé Pitois, un Parisien de la place Maub', et votre serviteur, un campagnard.

L'on confia notre instruction militaire au caporal corse Lambertini, porteur de trois chevrons, un de ces durs à cuire comme l'armée n'en possède plus, hargneux et impitoyables pour le conscrit, qui nous en fit voir de toutes les couleurs. Durant des quarts d'heure, il nous tenait, immobiles, à la fatigante position du port d'arme ou dans la décomposition d'un temps, nous agonisait d'injures au moindre geste entaché d'irrégularité.

Nous en étions littéralement abrutis.

Un jour, jour béni, notre tourmenteur tomba malade et fut remplacé dans ses fonctions d'instructeur par le caporal Comballuzier.

Ce brave Comballuzier! Il me semble le voir encore, planté correctement à dix pas devant nous, nous montrant l'exemple, en même temps qu'il nous expliquait le principe, avec son immense nez, sa moustache noire énorme, son menton carré, solide comme les assises d'une cathédrale; et, sur ce mélodramatique bas de figure, un front serein, des yeux gris perle d'une angélique douceur.

Il était de bon goût, alors, d'être terrible avec les bleus, Comballuzier s'efforçait de suivre la mode, s'égosillait après nous lorsque paraissait

un officier ; sa voix, amplifiée par le voisinage
des deux pavillons qui lui servaient de fosses
nasales, avait alors des sonorités de cor de
chasse ; le bonhomme croyait nous terrifier ;
mais il se fourrait, jusqu'au coude, le doigt
dans l'œil : les mots articulés par la bouche
juraient avec la sérénité du regard ; nous sen-
tions bien que, dans cette vibrante caboche, il
n'y avait pas pour deux liards de méchanceté ;
les menaces de prison et de salle de police nous
laissaient absolument calmes ; le criard ne nous
inspirait ni crainte ni haine.

**

Notre instruction s'acheva sans encombre ;
nous passâmes à l'école de peloton, puis à celle
de bataillon.

Je fus nommé caporal juste dans la même
compagnie que mon ancien instructeur, qui
devint mon intime ami ; bientôt, j'eus connais-

sance de tout son passé, dont d'ailleurs il ne faisait mystère à personne.

Comballuzier, élevé par les frères maristes, s'était, dès son enfance, destiné aux missions étrangères, avait rêvé de jouer un rôle d'apôtre, de porter la bonne parole chez les anthropophages, jusque dans les contrées les plus reculées.

A dix-sept ans, par un coup de tête, il s'était engagé volontairement au 102e de ligne; mais il ne brûlait point ce qu'il avait adoré, allait à la messe, s'acquittait de ses divers devoirs religieux, et restait en correspondance suivie avec ses anciens professeurs.

Les années de séminaire avaient marqué mon ami d'un stigmate indélébile; il y avait, dans toute sa personne, je ne sais quoi qui révélait son origine: sa capote affectait les allures d'une soutane, et l'œil cherchait la tonsure sur son crâne quand il se décoiffait. On l'avait surnommé, au 102e, le « curé Comballuzier ».

Ajoutons, pour être complet, que notre curé lampait fort bien son verre de schnick avec les

amis, et jurait dru, lorsque les troupiers, le sachant paterne, ne se grouillaient point à son commandement ; mais ses jurons n'appartenaient pas
au vocabulaire usité au bataillon, étaient en
quelque sorte « canoniques ». Il disait : « sabre
de bois », « voleur de bonsoir », « coquin de
sort », « nom d'une pipe », « mille millions de
tonnerres », etc., etc. Dans ses plus grandes
colères, il ne prit jamais en vain le nom de
l'Éternel.

Il avait rengagé, comptait, au 102e, neuf ans
de service et six campagnes, était sur le point
de passer sergent, lorsqu'il se décida à se faire
exonérer et nous quitta.

Quelques mois après son départ, je reçus de
lui une lettre m'annonçant qu'il avait repris
son ancien état et venait d'être ordonné prêtre.

Jamais plus il ne m'écrivit, et je ne sus point
ce qu'il devenait, mais je gardai de mon vieil
instructeur et camarade un excellent souvenir.

*
* *

Au printemps de l'an dernier, je faisais partie d'une commission militaire de recensement, envoyée dans les Cévennes. Le hasard me fit passer par Sainte-Catherine, un village qui possède quelques vestiges de constructions gallo-romaines, dont les remparts et tourelles, datant du moyen âge, sont encore debout ainsi que le manoir féodal.

Après avoir reçu du maire les renseignements qui m'étaient nécessaires pour la préparation de mon travail, je fus curieux d'avoir quelques détails au sujet des ruines et de l'histoire locale ; mais le magistrat campagnard, peu ferré en matière d'archéologie, me fit cette réponse :

— Adressez-vous à monsieur le curé ; il est savant, il parle latin, il sait lire les anciens papiers et les inscriptions gravées sur les pierres ; en un

mot, il sait tout ; il vous renseignera beaucoup
mieux que je ne pourrais le faire sur toutes ces
vieilleries ; puis, vous ne serez pas fâché de
faire sa connaissance ; vous verrez qu'il vous
recevra bien, car c'est un bon vivant et il aime
beaucoup les militaires ; il a été soldat lui-même,
notre curé Comballuzier.

Comballuzier ! Etait-ce possible !

A ce nom, j'éprouvai une secousse intérieure,
je me sentis rajeunir de vingt-cinq ans. Quittant
mon interlocuteur sans lui en demander plus
long, je courus au presbytère, que j'avais déjà
remarqué.

J'arrivai. Un prêtre était sur le seuil, un
prêtre à cheveux gris, un peu ventru, un peu
lourd, un peu engoncé dans sa soutane. Il tenait le loquet de sa porte, pour rentrer. Au
bruit de mes pas, il se retourna, me fit face.

Je vis surgir l'appendice nasal ! Ce monticule
de chair vertébrée semblait former, dans le
visage, un personnage à part, un être complet,
avec tous ses organes, vivant de sa vie propre.
Ce brave nez me regarda tristement, penaud

sans doute de se montrer sans la puissante
moustache qui faisait sa gloire jadis, formait
son escorte et son piédestal.

Il n'y avait pas d'erreur possible, l'Eglise entière ne possède point deux pitons pareils ! ce
prêtre était bien mon vieux caporal.

Je prononçai :

— Comment vous portez-vous, monsieur le
curé ?

— Très bien. Et vous, commandant ?

— *Moi, bien aussi.* Comment, mon vieux
Comballuzier, tu ne me reconnais pas ! J'ai donc
bien changé !

— Non, je ne te... je ne vous remets pas... Il
me semble pourtant, quand vous parlez, entendre la voix d'un camarade d'autrefois ! Qui
êtes-vous, au fait ?

— Devine ?

— Vous êtes... Tu es... le jeune caporal
Pascal !

— A la bonne heure, au moins, tu ne m'a-
vais pas oublié !

Et, ma foi, nous nous embrassâmes.

*
* *

Une heure après, nous étions attablés devant le dîner improvisé par la servante Madelon ; nous dégustions à rasades le vin de cru, un picolo qui fort bien se laisse boire et rend expansif. Nous causions du bon vieux temps, des joyeux compagnons d'armes, — quelques-uns restés sur les champs de bataille, d'autres rendus à la vie civile, devenus de bons bourgeois ou de pauvres diables ; d'autres, enfin, n'ayant pas encore quitté le harnais.

Et plus nous causions, plus je regardais mon homme, plus je retrouvais mon vieux copain, dans tous ses détails ; je ne m'apercevais même plus de ses cheveux gris, ni de l'absence de sa moustache ; je le revoyais absolument tel que je l'avais connu, comme si notre séparation datait seulement de quelques jours : sa soutane ressemblait à une capote ; je cherchais sur ses

manches les larges galons de laine jaune ; je
me figurais que, tout à l'heure, en nous levant
pour partir, il allait boucler son ceinturon et
mettre son shako.

Il me raconta sa vie depuis son départ du
régiment, son séjour à Paris, ses voyages au
cœur de l'Afrique, son retour dans la patrie, et,
enfin, sa nomination à la cure de Sainte-Catherine, qui était son bâton de maréchal, où il
comptait passer le reste de ses jours.

De même qu'autrefois, au 102ᵉ, il avait
regretté la carrière ecclésiastique, il paraissait,
maintenant, regretter le métier de soldat.

— « Moi », disait-il, « j'étais né pour être militaire et pour arriver aux plus hauts grades ;
j'aime les grands spectacles, les musiques, les
défilés ; j'aurais aussi aimé les batailles, avec
leurs subtiles combinaisons stratégiques ; j'ai
en moi l'étoffe d'un organisateur. Tu verras
comme dans ma paroisse j'ai su utiliser les con-
naissances acquises au régiment et mes apti-
tudes spéciales ; tu verras mes jeunes pénitents
gris, mes pénitents blancs à cagoule, mes con-

gréganistes noires du rosaire, qui sont les
femmes mariées, ma confrérie blanche de la
Vierge Marie, formée par les jeunes filles. C'est
justement demain la Fête-Dieu; tu verras, à la
procession, comme tout ce monde marche mili-
tairement, au doigt et à l'œil. Les processions
de Séville ne sont que de la gnognotte à côté
des miennes; là-bas, il y a plus de variété,
plus de pittoresque dans les costumes, plus de
foule; mais, quant à l'ordre et à la discipline,
je t'en fiche! Tu verras cette correction dans la
tenue, cette cadence dans le pas; tu remar-
queras comme sont bien observées les distances
entre les pelotons et les intervalles entre les
files; tu verras !

» Dame, j'ai eu du coton pour obtenir l'état de
choses actuel, mais avec de la persévérance j'y
suis arrivé; d'abord, j'ai réuni chez moi tous
les anciens sous-officiers et caporaux de ma
commune et, après leur avoir fait subir un
examen, je les ai bombardés capitaines ou lieu-
tenants de manœuvre; quant à l'élément féminin,
j'ai formé moi-même des monitrices auxquelles

j'ai enseigné les principes d'assouplissement, les mouvements de tête à droite et à gauche ; les différents pas, les alignements ; les marches de front et de flanc, les conversions de pied ferme et, en marchant, les changements de direction par files ; et ces monitrices instruisent maintenant, sous ma haute direction, les nouvelles recrues. Tu verras, tu pourras te rendre compte des résultats obtenus.

*
* *

Je passai la nuit au presbytère.

Le lendemain, dès l'aube, grand branle-bas chez mon hôte et dans tout le village pour les derniers préparatifs de la Fête-Dieu.

Le colonel Comballuzier donnait audience à ses capitaines, hommes et femmes, qui venaient lui rendre compte des dispositions prises et recevoir ses ultimes instructions.

Dans toutes les rues où devait passer la pro-

cession, soigneusement balayées et sablées de
sable jaune, l'on avait étendu sur des cordes, de
chaque côté de la rue, pour masquer les maisons, des draps de lit, bien blancs et bien
repassés, auxquels étaient épinglés des bou-
quets de fleurettes des champs. Sur la grande
place et aux divers carrefours, l'on avait construit des reposoirs en gradins, ornés de drape-
ries multicolores, de statuettes, de cierges et
de fleurs. On avait aussi élevé, de loin en
loin, des arcs-de-triomphe, dont les charpentes,
habillées de buis, de mousse, de feuilles de
lierre, étaient reliées entre elles par des guirlandes en papier peint. Ce système de décora-
tion primitive rajeunissait le vieux village, lui
donnait un cachet pittoresque et gracieux.

Vers dix heures, les cloches sonnèrent à
toute volée. Le curé officiait, dans son église
bondée de fidèles.

A onze heures, au sortir de la messe, la procession se forma : en tête, les pénitents gris;
derrière eux, le vulgaire, n'appartenant à aucune
confrérie ; puis, les femmes toutes de noir

vêtues ; puis, celles qui ne se distinguaient que
par un simple voile sombre ; ensuite, les jeunes
pénitents blancs, sans cagoule ; puis, les jolies
congréganistes, Enfants de Marie, jeunes filles
toutes en blanc, couvertes entièrement d'un
long voile de mousseline ; enfin, la phalange
des pénitents blancs à cagoule ; et tout au bout,
fermant la marche de la colonne, le dais, porté
par quatre pénitents, le dais, sous lequel se
tenait le roi de la fête, « monsieur le curé Comballuzier ».

Certes, mon vieux caporal était réellement
superbe, sous la grande tenue sacerdotale, dans
sa chape chamarrée d'or. Il s'avançait d'un pas
lent, majestueux et grave, tenant à bout de bras
le Saint-Sacrement, entre ses gardes du corps,
qui étaient les notables du pays. A quinze pas
en avant de lui, marchait en petite colonne ser-
rée une section d'enfants de chœur groupés en
quatre escouades de six enfants chacune, les
deux plus grands de l'escouade munis d'encen-
soirs, les autres porteurs de corbillons de fleurs.
De temps à autre, l'escouade de queue faisait

demi-tour, marchait droit en arrière vers le dais,
les deux chefs de file balançaient l'encensoir et
venaient plier le genou jusque sous le nez
de M. le curé, pendant que les quatre mômes,
derrière eux, semaient des fleurs sur la chaussée
puis l'escouade, se remettant face en avant,
venait promptement se placer en tête de colonne.
L'avant-dernière escouade, devenue escouade de
queue, exécutait à son tour le même mouvement
en arrière aussitôt qu'elle était démasquée, et
ainsi de suite.

Chaque confrérie avait son porteur de croix
ou de bannière et entonnait son cantique spé-
cial.

A chaque reposoir, la procession entière faisait halte; le prêtre, sortant de dessous le dais,
gravissait les marches du piédestal, prononçait
des phrases latines, élevait l'ostensoir et faisait
des signes de croix de ces mêmes mains qui,
jadis, tapaient si bien sur la crosse; puis, l'on
se remettait en route.

Tout allait comme sur des roulettes, c'est-à-
dire à merveille; j'admirais la belle tenue, la

discipline, la régularité des divers mouvements de la colonne et, dans mon for intérieur, je rendais justice au mérite de l'organisateur. Le nez de mon ami était plus grand encore que de coutume, ce nez exultait...

Mais voici qu'un incident non prévu au programme se produisit.

*
* *

Au premier rang des congréganistes, Enfants de Marie, brillait Mlle Thérèse, brunette de dix-huit ans, modeste autant que jolie.

Thérèse avait un amoureux, le gars Micard, un pas grand'chose, un huguenot. Ce Micard possédait un petit chien très déluré, nommé Faraud, lequel assistait aux entrevues des deux jeunes gens, affectionnait Thérésette, aimait beaucoup à gambader avec elle.

Comme nul ne l'ignore, le chien est de sa nature grand amateur de spectacles en plein air;

pas de grande revue, pas de manifestation populaire où l'on ne soit certain de trouver des représentants de la race canine.

Bien que parpaillot, comme son maître, M. Faraud n'avait eu garde de manquer l'exhibition du jour. En compagnie de quelques amis cabots, il regardait tranquillement passer le défilé, quand tout à coup il aperçoit Thérésette ! De la voir si bien attifée, il n'en croit pas ses yeux et pique droit sur elle, va la flairer... Plus de doute, c'est bien son amie ! Sa joie éclate ! Il tire le bas de son jupon, saute après elle pour la lécher au visage, exécute cent cabrioles, jappe à s'étrangler.

Thérèse essaie de repousser le loulou ; mais lui, qui ne comprend rien à cette réserve insolite, redouble ses frétillements de queue et autres démonstrations amicales, saisit dans sa petite gueule le voile de la congréganiste, le lui arrache, se sauve avec, s'y embarrasse les pattes en courant, ce qui le fait tomber et rouler trois ou quatre fois sur lui-même comme une boule ; il se relève, chiffonne et pelotonne la malencontreuse mousseline, la mord à belles dents en criant comme un possédé.

Le visage de la jeune fille se montre nu dans l'auréole de la coiffe blanche, plus rouge qu'un coquelicot. La pauvre ne sait où se fourrer. Le chant se désagrège, puis cesse tout à fait; l'on entend des chuchotements, de petits cris étouffés qui, bientôt, se transforment en un chœur d'éclats de rire argentins. La porteuse de croix, personne sérieuse, continue impassible la marche en avant; mais Thérèse s'est arrêtée et ses compagnes s'arrêtent autour d'elle: la colonne se trouve ainsi coupée en deux tronçons dont le premier poursuit son itinéraire pendant que l'autre n'avance plus.

Pareilles aux ondes d'un fleuve refluant sous la poussée de la mer montante, les dernières files de la procession serrent outre mesure les unes sur les autres; les enfants de chœur entassés ne peuvent plus exécuter leur manœuvre; les pénitents font halte, la garde d'honneur marque le pas.

Le curé Comballuzier se morfond dans cette

ridicule immobilité. Son nez s'est contracté. Une sueur froide lui monte aux tempes; il se sent perdu dans l'esprit de son vieil ami le commandant. Soudain, il écarte les notables qui l'environnent; s'élance au travers les escouades d'enfants de chœur sans quitter l'ostensoir; arrive comme une trombe parmi les enfants de Marie, au point où s'est produite la solution de continuité.

« Mille millions de bonsoirs, » clama sa voix d'olifant, voulez-vous bien serrer, tas de mijaurées ! Vous ne voyez donc pas que la croix est au Diable ! ! ! »

BONJOUR, MONSIEUR LE CURÉ !
OU LES DEUX MARGUERITES

Piarre Virou, du village de Cruze, en Dauphiné, était un bon petit garçon d'une douzaine d'années, appliqué à l'école, subtil d'entendement, sachant déjà se rendre utile dans les menus travaux de ferme ; avec cela, très pieux, très assidu aux offices du dimanche. Il faisait la joie de son père et de sa mère, qui n'avaient que cet enfant.

*
* *

Par une belle matinée du mois de juin, Piarrou

se trouvait aux champs, à faire paître la vache de son père, sa « Marguerite », comme il l'avait baptisée.

Du temps que la bête tondait à pleine langue les touffes nouvelles, tordait et avalait sans mâcher, son gardien contemplait la campagne ensoleillée, les grandes Alpes portant leur tête dans l'infini. Le petit paysan se sentait plein d'admiration pour le Tout-Puissant créateur de ces choses magnifiques, se remémorait une à une les paroles du dernier prône qu'il avait entendu.

« Oui », se disait-il en lui-même, « il faut être bon, Dieu le veut, il faut être charitable à l'égard du prochain ; *ce que nous donnons nous sera rendu en double*, M. le curé l'a dit.

» Que pourrais-je bien donner, moi, pour être aussi largement payé ? »

Vient à passer un de ces miséreux déguenillés qui, la besace au travers du cou, s'en vont, de ferme en ferme, quêter un morceau de pain.

— Tu es bien heureux, toi, mon petit, fait le bonhomme, d'avoir une aussi belle vache à garder; je voudrais bien en avoir une pareille.

— Est-ce que vous seriez très content, brave pauvre, d'avoir ma vache?

— Certainement, je serais content, mais il faut que je m'en passe; je n'aurai jamais de ma vie de quoi l'acheter.

— Hé bien, vous l'aurez sans argent; je vous la donne pour rien, pour être agréable à la très sainte Vierge et au bon Dieu

— Tu me la donnes, dis-tu; mais une vache ne se donne pas comme ça; tu n'es pas encore maître chez vous: la bête appartient à ton père.

— Nous n'avons que cette seule vache à la maison, elle s'appelle Marguerite; mon père me l'a donnée; tout le monde le sait, tout le monde dit, en parlant d'elle: la Marguerite de Piarrou. Elle est bien à moi, et je vous la donne; tenez, voici la corde.

Le mendiant qui, dans son for intérieur, ne demandait pas mieux que d'être persuadé, prend des mains de l'enfant le cordillon attaché aux cornes de la génisse, et détale au plus vite, oubliant, dans l'excès de sa précipitation, de remercier son bienfaiteur.

*\
* *

Le bon Piarrou goûte une joie ineffable, la joie du devoir accompli ; de toute son âme, il remercie la Providence qui vient de lui fournir une si belle occasion de faire le bien. A petits pas, il reprend le chemin de la ferme, attendant la récompense, qui ne peut tarder.

Il trouve sa mère occupée à tremper la soupe. Son père, qui vient de rentrer pour le repas de midi, lui crie en l'apercevant :

— Et ta Marguerite ?

— Ma Marguerite, je ne l'ai plus, je l'ai donnée.

— Tu l'as donnée !

— Oui, je l'ai donnée à un pauvre, qui en avait bien besoin.

— Voyons, Piarrou, ne fais pas la bête et ne mens pas. Qu'est-ce que tu me racontes ?

— Je dis la vérité. J'ai donné ma Marguerite pour en avoir deux.

— Pour en avoir deux ! Comment ?

— Oui, deux ; le bon Dieu va me rendre deux Marguerites, pour me récompenser d'avoir donné la mienne à un pauvre.

— Mais tu es donc fou, petit malheureux ! Et ce pauvre a pris la vache comme cela ?

— Bien sûrement, il l'a prise. D'abord, il a fait un peu de difficultés ; mais, quand je lui ai eu dit qu'elle était bien à moi, que j'étais maître de la donner, il l'a acceptée et s'en est allé avec elle, très content et marchant vite. Peut-être il va la vendre, car il n'aurait pas le temps de la mener paître ; toute sa journée est prise, il faut qu'il s'occupe à mendier.

— D'où est-il passé ?

— Il est monté jusqu'en haut du Serre-Coupé, puis, je l'ai vu descendre : il a dû prendre le chemin de Lozeron ; ou mieux, celui de Beaufort ou des Bertalais ; à moins qu'il ne soit descendu sur Mirabel-Blacons et Aouste par la grande route ; ou bien encore que, contournant

le chemin des bas-fonds, il ne soit remonté ensuite sur Cobonne et Saint-Pancrace...

Le papa Virou n'en écoute pas davantage. Sa
ménagère se lamente à grands cris. Sans penser
à la soupe, ils partent tous deux vers le Serre-
Coupé, espérant trouver quelqu'un qui aura vu
passer le mendiant et pourra leur donner des
renseignements plus précis, pour courir à sa
poursuite.

* *

Piarrou, qui s'attendait à des éloges, est fort
surpris de la façon dont il a été reçu par les
auteurs de ses jours ; mais, inébranlable dans
sa foi, il compte toujours sur sa récompense.
Tranquillement, il mange sa soupe tout seul,
et, selon son habitude, en mangeant il réfléchit ;
une maxime entendue à l'église lui revient en
mémoire :

« Aide-toi, le ciel t'aidera. »

Son repas terminé, il descend se promener au

hameau des « Vernes ». Dans le pré attenant
au presbytère, il trouve son amie Claudine, avec
deux vaches.

Claudine est une gamine de neuf à dix ans,
sans père ni mère, qui demeure chez sa tante,
Mlle Pélagie, la bonne du curé. Disons en passant que cette demoiselle Pélagie est la même
au sujet de laquelle M. le curé, invité par Mon-
seigneur à faire connaître l'âge de sa servante,
avait artificieusement répondu : « Ma cham-
brière est aussi vieille qu'une vieille vache » et le
prélat, bénévole, ignorant que la vieillesse commence à dix-sept ans pour les génisses, avait
conclu, de ce renseignement, que la susdite personne avait l'âge canonique et au delà.

— Qu'est-ce que tu fais là de bon, Claudi-
nette ? dit le petit gars.

— Tu le vois, mon Piarrounet, je garde nos
vaches.

— Donne-moi tes deux Marguerites.

— Tu dis ça pour rire, Piarrou : je ne puis
pas te les donner, elles sont à M. le curé ; ma
tante me battrait.

— Ta tante ne te battra pas et M. le curé sera très content.

— Oh ! non, par exemple, il ne serait pas content.

— Si, il le sera, tu vas voir : au lieu de deux vaches, tu lui en ramèneras quatre.

— Je lui en ramènerai quatre ! !...

— Oui, écoute-moi : tu sais bien, au sermon de dimanche passé, il a dit comme ça : « Ce que nous donnons, mes frères, le bon Dieu nous le rend en double... »

— ?...

— Tu ne te rappelles pas ?

— Si.

— M. le curé est-il un menteur ?

— Pour ça, non, il n'est pas menteur.

— Alors, il faut le croire, et faire ce qu'il commande ; moi, j'ai donné ce matin ma Marguerite à un pauvre ; tu vas me donner les deux tiennes, de sorte que j'en aurai deux pour une, et tu iras chez un autre, qui t'en donnera quatre pour deux.

— Et qui me les donnera ?

— N'importe qui, tout le monde, et celui qui te les donnera en recevra huit.

— Huit, Piarrou ! tu dis huit ! Mais personne n'a huit vaches dans le pays.

— Il ira sur la montagne d'Ambel, où les vaches sont aussi nombreuses que les pierres dans le Rieu-Sec.

— C'est pourtant vrai, tout cela. Et tu crois que je ne serai pas grondée ?

— Sûrement non, puisque tu auras obéi à la parole de M. le curé.

— Hé bien, je te donne mes deux Margue-rites.

Maistre Piarrou s'attelle aux cordes et mène les deux génisses chez son père, les installe dans l'écurie, aux lieu et place de la Margue-rite déménagée.

**

Le papa et la maman explorent tous les sen-tiers des montagnes environnantes sans voir personne qui puisse les renseigner sur la direc-tion prise par le mendiant. A la nuit tombante, ils rentrent à leur maison, brisés de fatigue et la mort dans l'âme ; ils ont prévenu le garde champêtre, mais ils savent bien qu'avant la mise en mouvement de la gendarmerie du canton le voleur aura eu le temps de vendre dix fois la vache.

Piarrou, triomphant, court au-devant d'eux, les mène à l'étable en criant :

— Venez vite, venez voir, au lieu d'une Marguerite nous en avons deux.

— Dieu me pardonne, fait le père, ce sont les vaches du curé.

— Oui, elles étaient au curé, et Claudine me les a données pour en avoir quatre.

— Claudine te les a données. Pauvre innocent ! En voilà une autre histoire !

La discussion entre le paysan et son héritier se trouve brusquement interrompue par l'entrée en scène d'un nouveau personnage, monsieur le curé Sybour, en personne, qui vient réclamer son bien.

— Les Marguerites sont à moi, maintenant, monsieur le curé, crie Piarrou, vous ne les reprendrez pas : dimanche, au prône, vous nous

avez commandé de donner ce que nous avons,
nous assurant que le bon Dieu nous le rendrait
en double ; j'ai donné ma Marguerite, ce matin,
pour vous obéir, Claudine m'a récompensé en
me donnant les deux siennes ; un autre lui en
donnera quatre. Vous l'avez dit.

— J'ai dit, en effet, j'ai dit que Dieu nous
rendrait en double ce que nous donnerions ; en
double, en triple et même au centuple ; mais tu
n'as pas bien compris le sens de mes paroles,
mon brave Piarrou ; ce n'est pas dans ce monde
que le bon Dieu récompense nos bonnes ac-
tions ; ce sera dans l'autre.

— Si c'est dans l'autre monde, monsieur le
curé, nous ne sommes pas assez riches pour
faire aussi longtemps crédit au bon Dieu ; il
fallait mieux vous expliquer. Nous gardons les
vaches.

Le père Virou, voyant que son fils s'en tire à
merveille, se garde bien de lui couper la parole.
Le débat menace de s'éterniser, Piarrou ne veut
pas démordre. Le curé perd du terrain ; enfin,
il trouve un biais pour amener la clôture :

— Allons, mon Piarrou, restons-en là pour ce soir. Pélagie doit s'impatienter de mon absence ; je vais rentrer au presbytère, manger la soupe et me coucher. Tu vas en faire autant de ton côté. Les bêtes passeront la nuit où elles sont, et demain matin, celui de nous deux qui le premier donnera le bonjour à l'autre restera propriétaire des deux Marguerites.

Cela te va-t-il ?

— C'est convenu.

— Tope là.

L'enfant tape dans la main que lui tend le prêtre.

* *

Le digne curé se figurait tout bonnement que le jeune garçon allait s'endormir d'un profond sommeil et que le lendemain, au point du jour, pendant qu'il reposerait encore, il viendrait tranquillement reprendre ses bêtes.

Il était dans l'erreur.

Notre ami n'a presque pas fermé l'œil de la nuit. Bien avant l'aube, il est debout. Il se rend au presbytère, grimpe sans bruit sur un poirier voisin du bâtiment, s'installe à son aise sur une forte branche, juste à hauteur et tout proche d'une lucarne qui donne dans la chambre à coucher, se dissimule un peu de côté, afin de ne pas être aperçu de l'intérieur, et attend.

Vingt minutes s'écoulent.

Une barre blanchâtre se montre à l'horizon, du côté du soleil levant. Bientôt cette barre grandit, accapare le ciel, devient rose, brillante, devient le jour ; illumine le sommet des montagnes d'abord, puis les collines plus basses ; inonde la vallée, pénètre au travers des vitres dans la chambre du presbytère, fait surgir aux yeux de Piarrou, à trois pas de lui, des objets jusque-là invisibles : l'armoire, les tables, le lit...

Il ne se trompe pas ! sur l'oreiller de ce lit, il distingue nettement quoi ? deux figures humaines : la face rasée, la tignasse noire, légèrement grisonnante, la tonsure du vénéré pasteur, et, tout à côté, émergeant dans l'or blond de la chevelure, les joues roses, la gorge dodue de Mlle Pélagie.

Le pauvre mioche n'y comprend plus rien ; il manque dégringoler de son arbre.

Le curé ouvre un œil, bâille et s'étire ; passe le bras sous la nuque de sa voisine, la secoue doucettement, lui donne un retentissant baiser .

— Allons, fait-il, ma Gigie, hardi, ma grosse fille, tu vas nous préparer le café ; il faut que je me lève pour aller dire bonjour à mon petit obstiné d'hier au soir, et ramener nos deux Marguerites...

— Bonjour, monsieur le curé!!! crie la voix futée de Piarrou...

M. le curé Sybour fait un saut de carpe sur son matelas ; il s'empresse, trop tard, hélas! de tirer la couverture sur sa bobonne ; se glisse hors du lit, court en chemise à la lucarne.

— C'est toi, petit polisson ! que fais-tu là ?

— Oui, c'est moi, monsieur le curé, je suis venu ici pour vous dire bonjour le premier ; et, ma foi, j'ai bien fait de venir ; j'avais entendu dire que les curés couchaient toujours seuls et je les plaignais, pensant qu'ils devaient s'ennuyer beaucoup la nuit quand ils ne dormaient pas. Je vois qu'heureusement il n'en est pas ainsi pour vous, monsieur le curé.

— Veux-tu te taire, monstre! petit Satan!

— Pourquoi me taire, monsieur le curé? je ne dis pas de mal; même j'irai raconter par tout le village ce que j'ai vu; et on sera content, monsieur le curé, de savoir que vous dormez avec votre servante, parce que tout le monde vous aime bien et que Mlle Pélagie est bien gentille.

— Te tairas-tu!

— Nenni, monsieur le curé.

— Parle plus bas, alors, et viens ici; nous allons nous entendre.

Piarrou se hausse sur sa branche, enjambe la lucarne, se trouve à côté de M. Sybour, qui vient de passer sa douillette. Tous deux descendent à la cuisine et prennent un verre de bon vieux marc.

— A ta santé, Piarrou.

— A la vôtre, monsieur le curé.

— Ecoute, petit, tu ne diras rien...

— Si, je dirai...

— Je vais te laisser les deux Marguerites, je te les donne...

— Merci, monsieur le curé.

— Je te les donne, mais à la condition que tu ne diras rien à personne.

— Puisque vous le voulez, monsieur le curé, je lève la main, je jure devant Dieu et devant les hommes de ne jamais dire à personne que vous couchez...

— Chut...

— Que vous embrassez...

— Chut, chut...

— De ne jamais rien dire à personne de ce que j'ai vu.

— C'est cela, je retiens ton serment.

— Oui, monsieur le curé.

⁎
⁎ ⁎

Piarrou garda les deux vaches et fut très content. Son père et sa mère jubilaient : décidément, le petit gars leur donnait toute sorte de satisfactions.

Le curé perdit, il est vrai, ses Marguerites cornues, à grosses mamelles ; mais, tout de même, il ne se plaignit pas de son sort, car il resta paisible possesseur de Mlle Pélagie, fort appétissante encore en ce jour, bien qu'elle ait, depuis dix ans déjà, passé l'âge maximum d'une très vieille génisse.

LE CHEF DE BRIGANDS

Il ne s'agit point ici des exploits d'un Mandrin ou d'un Cartouche, mais seulement de ma première pièce de théâtre, laquelle me causa pas mal de déboires, comme on va le voir.

I

J'avais onze ans ; je demeurais chez mes parents, au village d'Aouste, et j'allais à l'école supérieure de la ville de Crest, tenue par Bouvier, dit l'*Ane*, non qu'il fût une bête, mais simplement *à cause que* son père possédait un maître oreillard, chantre de première force, célèbre

dans tout le canton. Chaque matin je partais à
six heures de notre maison pour y rentrer le
soir à sept heures ; je faisais l'école buisson-
nière plus souvent qu'à mon tour.

Un jour de « foire de Saint-Pierre », j'assistai
moyennant mes trois sous, dans un théâtre am-
bulant, à une représentation de la *Juive*. L'opéra
n'était point chanté, mais joué à la façon d'un
drame, par des marionnettes en bois.

Je n'avais jamais été au spectacle. Je sortis
impressionné au plus haut point ; pendant huit
jours je rêvai de Rachel, du Juif et du grand in-
quisiteur. J'aurais bien voulu revoir la pièce ou
en voir d'autres pareilles ; mais il n'y avait pas
moyen : la baraque était démolie et les acteurs,
mis en caisse, avaient quitté le pays, peut-être
pour n'y plus revenir. Je conçus le projet de fabriquer moi-même un drame et de le jouer dans
mon village avec mes petits amis.

L'opéra de *la Juive* et le programme de l'af-
fiche restée collée sur les murs, m'avaient ré-
vélé les principales règles de la construction
d'une pièce : je me rendais compte de la division

en *actes* successifs, dans lesquels l'action se déroule ; j'avais même une idée de la subdivision des actes en *scènes ;* avec cela je pouvais marcher.

L'on ne fait rien avec rien. L'auteur dramatique d'âge mûr puise ses sujets dans la vie réelle, dessine ses caractères d'après des types qu'il a étudiés, combine les événements de façon à rendre son œuvre intéressante, tout en restant vraie. Ne connaissant encore rien de la vie, je ne pouvais, pour bâtir mon drame, que m'inspirer de mes lectures. Sans vergogne je le fis, ne me préoccupant point si je méritais le titre de plagiaire en agissant de la sorte.

La bibliothèque de mon père se composait d'un seul livre, *Victor ou l'Enfant de la forêt*, par Ducray-Duminil ; l'ayant relu vingt fois, je le savais presque par cœur ; je m'empressai de tailler le roman en actes et en scènes, en y apportant quelques modifications ; j'appelai mon œuvre : *le Chef de Brigands*, drame en quatre actes.

PREMIER ACTE

Victor, fils adoptif, et Clémence, propre fille du baron de Fritzierne, sont allés se promener dans la forêt ; Victor fait une déclaration d'amour à Clémence ; celle-ci l'écoute avec plaisir ; les jeunes gens se jurent l'un à l'autre de ne jamais se quitter et de se marier ensemble quand ils seront grands, puis ils s'en vont. Après eux arrivent Roger et ses brigands, qui décident de faire l'assaut du château de Fritzierne pour s'emparer des trésors.

DEUXIÈME ACTE

Attaque du château. Les brigands sont repoussés, et Pedro, leur lieutenant, tombe mort ; l'audacieux Roger, qui s'est aventuré seul au milieu des défenseurs, est terrassé par Victor ; le jeune homme lève une hache pour lui couper le cou, mais alors survient la mère Wolf, une servante, qui arrête le bras prêt à frapper ; Roger se relève et *s'ensauve*.

TROISIÈME ACTE

Les habitants du château *disputent* la mère

Wolf d'avoir retenu le bras de Victor. La vieille, forcée de parler, explique comme quoi elle n'a pu faire autrement d'empêcher un parricide et raconte une histoire d'après laquelle Victor se trouve être le fils de Roger. Cette révélation attriste tout le monde; néanmoins, les amoureux persistent dans leur résolution de s'épouser quand ils seront en âge. Le décor change; les brigands portent en terre leur lieutenant, et chantent un cantique funèbre en patois.

QUATRIÈME ET DERNIER ACTE

Roger, qui a été pris dans une nouvelle attaque, monte sur l'échafaud; il parle au peuple, raconte son histoire, termine en exhortant chacun à bien se conduire, à ne pas imiter sa vie criminelle, afin d'éviter sa triste mort. Un soldat crie : « Bourreau, fais ton office ! » La toile tombe.

Ma pièce une fois écrite emplissait une main de papier; je la fis lire par mon camarade de classe Ernest Néry, mon aîné de onze mois, très compétent pour juger la chose, car, habitant la ville,

il avait eu occasion de voir jouer trois pièces par
des acteurs en chair et en os. Il me donna des
conseils, me fit faire quelques retouches, et mon
drame fut par lui déclaré jouable.

II

Il s'agissait de trouver des acteurs et une
salle.

Mon titre d'écolier de la ville me donnait un
certain prestige dans le monde des mioches de
mon village, moins grand cependant que celui
dont jouissait Paul Henri, qui avait fréquenté le
collège de Valence et de plus était *fils de riche*.
Je m'abouchai avec lui : il accepta, non sans
quelques réticences, d'être mon collaborateur,
et, parmi les gamins de neuf à treize ans, nous
eûmes bientôt recruté une troupe de quatorze
artistes, en nous comptant.

Mon vieil oncle Larillou, la bonté même, nous
prêta sa remise, une *salle* à souhait, assez
grande, de forme rectangulaire. Le portail étant
fermé, l'on entrait par une petite porte mysté-

rieuse. Tout au fond, une soupente existait ; au-
dessous nous installâmes la scène, plate-forme
de trois épaisseurs de planches superposées,
supportée sur des tonneaux vides placés debout.
De vieilles couvertures, de vieux rideaux de
toutes nuances, cloués par un bout aux poutres
de la soupente et tombant sur la scène dans le
sens de leur longueur, constituèrent des décors
et des coulisses. Au moyen de quelques planches
supportées par des bennes posées à terre le fond
en l'air, nous eûmes cinq ou six rangées de
bancs pour les spectateurs.

Il nous manquait le rideau destiné à ouvrir et
à fermer la scène ; quelqu'un proposa d'en fabriquer un en cousant ensemble plusieurs draps de
lit ; mais c'était toute une affaire et nous étions
fort embarrassés, lorsque Louis Picot, l'un des
nôtres, apporta une grande serpillière carrée,
de toile bise, qui servait à sa mère pour y faire
sécher dessus la litière des vers à soie. Cette
serpillière bouchait exactement le devant de
notre scène ; nous la clouâmes par un des côtés
au maître soliveau de la soupente, et Toine

Pellegrin, un petit qui ne savait point parler français, fut utilisé comme machiniste : couché sur le soliveau, il tirait le rideau à lui lorsque l'on frappait les trois coups et le faisait tomber à la fin de l'acte. La toile, n'ayant jamais été lavée, se trouvait maculée de plaques vertes, jaunes, grises, rousses, provenant des divers terrains sur lesquels on l'avait étendue, des arrosements des loulous et des matous, des crottes des poules et des *magnauds* ; l'on eût dit le travail d'un peintre ; c'était charmant.

Chacun des acteurs avait fourni quatre sous pour faire face aux premières dépenses : achat de pointes, de ficelles et de chandelle. C'était simplement une avance et nous comptions rentrer largement dans nos fonds par la recette de la représentation.

En même temps que nous procédions à l'installation de la salle, je m'étais occupé de la distribution des rôles ; tâche ardue ! Tout d'abord s'était dressée une difficulté très grande : Paul Henri voulait pour lui le rôle de Roger, que je m'étais réservé ; nous avions failli nous battre à

ce sujet; finalement, il s'était rabattu sur celui
de Victor, attribué déjà à mon ami Grémond, ce
dernier, d'humeur conciliante, ayant déclaré
aimer tout autant le rôle du marquis de Fritzierne, destiné à Paul Henri. Manara, un des
gros bonnets de la troupe, avait sans difficulté
accepté d'être le lieutenant Pedro; mon cousin,
Emile Bichon, s'était contenté de faire Clémence,
et Louis Picot, qui était bègue, mais avait prêté
la toile, avait, comme récompense, obtenu
d'être le soldat chargé de dire au dénouement:
« Bourreau, fais ton office ! »

Les répétitions commencèrent. Je mentirais
en disant que tout alla comme sur des roulettes;
les acteurs n'en finissaient pas d'apprendre leurs
rôles, et la diction n'était point celle du Théâtre-
Français. En ma qualité d'auteur, je comptais
diriger; mais Paul Henri voulait quand même
rester le maître. Pourtant, comme seul je savais
par cœur toute la pièce, l'on était bien forcé de
m'écouter un peu; mon rival rageait de voir
mon autorité s'établir aux dépens de la sienne;
plusieurs fois je le vis sur le point de donner sa

démission ; chose grave, car son départ eût entraîné celui de nos meilleurs acteurs, lesquels n'auraient pas manqué, en s'en allant, de réclamer leur mise de fonds et leurs objets prêtés. Je fis tellement de concessions que Paul Henri ne nous quitta pas ; les rôles furent appris par cœur, et un jour, à peu près satisfait de la répétition, je déclarai :

— La représentation aura lieu dimanche prochain, à sept heures du soir.

III

Les fonds de notre masse baissaient : sur les cinquante-six sous fournis par les acteurs, quarante avaient déjà été employés ; il nous en restait seize, somme minime pour faire face aux dépenses d'éclairage. J'imaginai de louer d'avance des places au rabais, à raison d'un sou chacune, aux petites filles de l'école des Sœurs ; je récoltai ainsi soixante centimes : c'était suffisant.

A mesure qu'approche le dimanche de la

représentation, je deviens nerveux, irascible.

J'avais une pie que j'aimais beaucoup, l'ayant élevée moi-même. Mademoiselle Margot, bien emplumée, voyageait librement dans la rue, entrait sans façon chez les voisins et recevait bon accueil des moutards et des commères.

Un soir, la mère Picot, la propriétaire de notre toile, une mégère de cinq pieds six pouces, pauvre cerveau détraqué, me dit à brûle-pourpoint :

— Pascal, ta pie m'a volé hier mon dé ; je l'ai surprise aujourd'hui comme elle essayait d'emporter mes ciseaux ; c'est une mauvaise bête ! Si je puis l'attraper, je vais lui tordre le cou.

— Essayez de la toucher et vous aurez affaire à moi ! ai-je répondu en me campant devant le géant femelle, les poings en avant.

— Certainement, je la tuerai, petit drôle, hurle la mère Picot ; je la tuerai et je l'étranglerai, je la noierai dans la citerne.

Elle se baisse pour me saisir, je glisse entre ses bras, je saute jusqu'à sa gorge, je m'y cramponne et je l'égratigne ; elle me frappe à grands

coups sur le dos pour me faire lâcher prise ; elle
va triompher, lorsque vient à passer Théophile
Manara, qui joue dans ma pièce le rôle de Pedro. Le brave lieutenant, voyant son capitaine
en danger, n'hésite pas : d'un bond il arrive sur
les épaules de mon ennemie et lui serre le cou.
La malheureuse, ne comprenant pas d'où lui
tombe ce nouvel agresseur, en perd le peu de
cervelle qui lui reste ; elle rue, se secoue, pousse
des cris inarticulés, ses mains et ses pieds bat-
tent le vide : l'on dirait un éléphant succombant
sous une attaque de chacals.

Je ne sais comment aurait fini le combat.
Heureusement survint mon père, qui rentrait
du travail des champs. En voyant la grande
bringue aux prises avec les deux mioches, François Pascal, qui cependant n'était point d'humeur folâtre, ne put retenir un formidable éclat
de rire, tant le spectacle était drôle, paraît-il.
Sa bêche lui en tomba de l'épaule. Il s'empressa
de nous séparer, mais ne put recouvrer le sé-
rieux nécessaire pour nous gronder comme nous
le méritions.

IV

Le grand jour est arrivé. Dès le matin nous avons balayé la salle : chacun est à son poste.

Je voudrais bien, pour donner plus de retentissement à la chose, faire annoncer à son de caisse notre représentation. A midi, je me rends chez Cadet Bidon, le tambour de ville. Je le trouve en train de déjeuner; il me fait boire un coup, je lui présente ma requête.

Le grand pan-pan, brave homme, voudrait m'obliger, mais, très scrupuleux à l'endroit de ses fonctions, il me dit :

— Je ne puis rien publier sans l'autorisation de monsieur le maire; il y a cependant un moyen de tout arranger : je vais, dans un instant, partir pour aller arracher des pommes de terre à la Condamine; viens en mon absence trouver mon fils Bidonnet; vous prendrez ma caisse et vous publierez vous-mêmes, j'aurai l'air de n'en rien savoir.

Ce qui fut dit fut fait : vers les deux heures, Bidonnet prit la caisse, tambourina d'une fa-

çon magistrale son ran-plan-plan par toutes les
rues et lut sur toutes les places une note écrite
par moi :

« Ce soir à sept heures, grande représentation
donnée par des artistes de Paris, dans la remise
Larillou. Prix des places : trois sous les grandes
personnes, deux sous les enfants. L'on ne paiera
qu'après avoir vu. »

V

Il est six heures. La nuit tombe. Nous répé-
tons une dernière fois avant l'épreuve définitive,
tous en grand costume de nos rôles.

J'ai revêtu l'habit de garde national de défunt
mon grand-père ; mes bas noirs, passés sur le
bas de ma culotte blanche, donnent l'illusion
d'une paire de bottes à l'écuyère ; je suis coiffé
d'un haut chapeau pointu en papier, garni de ru-
bans rouges ; j'ai mis une superbe barbe noire
que m'a prêtée le voisin Courcoussou, sergent
sapeur aux pompiers ; à mon côté pend le sabre
d'honneur à lame de Damas, glorieusement gagné par l'oncle Larillou, au temps des guerres

de l'Empire. Paul Henri, en Victor, porte une
jaquette en percaline verte, bordée de ouate
blanche; il a une moustache blonde en vrai pos-
tiche, payée au moins huit sous, et un cimeterre
à fourreau de cuivre; il est encore plus beau
que moi. Le baron de Fritzierne se distingue
par une belle perruque en chanvre, toute frisée.
Les simples brigands se sont contentés de passer
leur blouse à l'envers et de s'armer de sabres de
bois; ils se sont fabriqué des chapeaux de gen-
darmes avec de vieux journaux et des moustaches
avec du charbon. Manara-Pedro est coiffé d'une
tête de fer.

Pendant l'attaque du château, les combattants
lancent des pommes de terre en guise de projec-
tiles; Bidonnet, dans la coulisse, imite le gron-
dement de la bataille sur son tambour, et Tastevin, qui possède un pistolet à pierre et de la
poudre de mine, est chargé de faire feu trois
fois, pour simuler des coups de canon.

Je tiens mes acteurs bien en main. L'on entend au dehors le brouhaha de la foule attendant
l'heure de l'ouverture du théâtre, impatiente

d'entrer. Rien ne me fait prévoir une catastrophe; tout va marcher; je crois ouïr déjà les bravos enthousiastes ; j'exulte ; j'improvise dans mon rôle des variantes, des périodes à effet.

Comme nous arrivons à la fin du troisième acte, un brigand me dit que je suis demandé dans la coulisse ; j'y vais et je trouve Léontine Chaffois, une des petites filles de chez les Sœurs, qui nous ont loué des places d'avance ; elle s'est confessée la veille, et le curé lui a défendu, paraît-il, d'assister à un spectacle donné par des garçons. Elle me réclame les douze sous versés par elle et ses onze camarades.

Douze sous ! je ne les ai pas et ne sais où les prendre pour l'instant : les spectateurs paieront tout à l'heure en sortant de la représentation ; je prie Léontine de m'attendre jusque-là, lui assurant qu'elle sera intégralement remboursée, pour elle et pour ses amies : mais la chipie est tenace, elle veut son argent à l'instant même ; alors je me fâche et l'envoie promener, quelques brigands lui font les cornes. Elle s'en va.

Enfin, la répétition est terminée. L'on ouvre les portes, et la foule s'engouffre dans la remise.

Les trois coups sont frappés. Pellegrin lève le rideau, la pièce commence : la salle est comble, le public semble tout à fait bien disposé; Victor et Clémence entament leur duo d'amour et se surpassent... Mais j'entends un bruit du côté de la porte... La mère Picot, que Léontine est allée chercher, entre comme une trombe dans la remise en criant :

— Ma toile ! ils m'ont pris ma toile ! je veux ma toile ! C'est Pascal qui me l'a fait voler par mon petit; sa pie m'a volé mon dé et a voulu me prendre mes ciseaux neufs ! Il ne vaut pas mieux que sa pie. C'est un filou ! il finira mal !

Et, bousculant les gens, sautant d'un banc à l'autre, sur ses longues jambes, elle arrive jusqu'à la scène, entreprend de la démolir... Cependant quelques hommes la saisissent, parviennent à la faire taire; la pièce reprend.

A la fin du premier acte, la toile tombe au

milieu d'un tonnerre d'applaudissements. Ce
succès exaspère la mère Picot : trompant la
vigilance de ses gardiens, elle s'élance vers le
rideau... Du haut de la soupente, où il est per-
ché, le brave Pellegrin a vu le mouvement et
s'empresse de tirer la serpillière à lui ; mais la
mégère a de grands bras ; elle atteint le bout du
rideau à l'instant où il va disparaître, s'y sus-
pend au risque d'entraîner le machiniste, de lui
faire piquer une tête de quinze pieds de hauteur.
Celui-ci lâche prise. La furie tire de toutes ses
forces sur la toile solidement clouée, l'arrache
par lambeaux. J'arrive pour essayer de la cal-
mer ; elle m'enlève mon chapeau de capitaine et
le foule aux pieds, menace de me déchirer la
figure.

Je tenais en main ma bonne lame et je ne
m'en servis point !... Oh ! cette mère Picot ! du
moment où je ne l'ai point pourfendue dans
cette circonstance, c'est que je n'ai pas en moi
l'étoffe d'un tueur de femmes !... La coquine
s'éloigne, son paquet de loques sous le bras, et
va se placer près de la porte.

Que faire ?... Continuer la représentation sans rideau ? Mais le rideau fait partie intégrante d'une pièce : dans la nôtre, surtout, il est indispensable, puisqu'à la fin du quatrième acte il tombe au moment où la tête de Roger est censée tomber dans le panier !... Ma raison s'égare ; je cherche vainement une solution... Une petite voix perçante et méchante, la voix de Léontine, résonne dans cet instant.

— « M. le curé a dit qu'il fallait cesser la représentation tout de suite et que, si elle ne cessait pas, il allait venir lui-même avec le garde. »

Alors, affolé, sans même réfléchir que le curé peut m'entendre, car il demeure tout à côté, je lance ces imprudentes paroles :

— Je me fiche pas mal du curé, moi ! je me fiche pas mal du garde ! je ne leur demande rien.

— C'est un protestant ! il est damné, crie Léontine.

— C'est un chef de brigands ! hurle la mère Picot.

— Il ose blasphémer M. le curé, il ira dans

l'enfer, glapissent les gamines de chez les
Sœurs ; et quelques-unes, ne voulant pas perdre
leur sou payé d'avance, s'emparent des chandelles de l'éclairage.

Plusieurs hommes parmi les spectateurs
essayèrent de prendre mon parti, de rétablir
l'ordre ; mais les mamans bigotes mêlèrent leurs
injures à celles de leurs filles, et j'eus la majorité contre moi. Paul Henri, dont l'intervention
eût pu me sauver, resta coi, heureux peut-être
de voir sombrer ma popularité dans cette déconfiture, qui le laissait maître incontesté. La salle
tomba bientôt dans une obscurité profonde. Au
milieu d'un tohu-bohu indescriptible, formé des
cris des commères, des pleurs des marmots, de
la chute de nos bancs brisés sous les pieds du
public, chacun gagna la porte à tâtons.

La mère Picot était bien vengée !

Et, pendant les trois quarts de la nuit, l'auteur, acteur et directeur de théâtre, erra comme
un possédé du démon à travers les plaines labourées, les ravins et les coteaux qui environnent son village ; de temps à autre s'arrêtant

pour jeter·des cris de désespoir ou verser des
flots de larmes, puis reprenant sa course désor-
donnée. Sans son fidèle Manara, qui ne le
quitta pas d'une semelle, il aurait attenté à ses
jours et ne pourrait conter cette aventure, dont
il est le premier à rire aujourd'hui.

POISSON D'AVRIL

Certaines gens sont nés poètes, d'autres peintres, d'autres financiers. Notre ami Léonce Mélodius, lui, est né fumiste. Dès le berceau, il prenait plaisir à mystifier sa nourrice : demandait « popo », faisait pipi à côté du vase, et riait d'une malicieuse façon. Élève d'un lycée de capitale, pendant dix ans ses fumisteries firent les délices de ses compagnons de bahut, le cauchemar des fonctionnaires de l'établissement et de pas mal de fournisseurs ; c'est lui qui, tour à tour, fit livrer à domicile quatorze bains au professeur de rhétorique, dix-huit marmites à l'économe, treize bassinoires à divers maîtres d'études, une trompe de chasse au professeur d'histoire, une seringue au censeur, un cercueil au professeur d'allemand ; il adressa, sur carte postale, une déclaration d'amour, signée d'un nom d'actrice célèbre, au vieux proviseur ; malheureusement pour notre potache, ce dernier reconnut son écriture et l'envoya exercer sa verve hors du sein de l'Université.

Mais sa conception la plus géniale, sa farce la mieux réussie, est, sans contredit, celle du 1er avril qui vient de passer.

*
* *

Léonce est maintenant un gros garçon de vingt-deux ans, à la face réjouie, à la santé de fer. Il doit épouser sa cousine, Mlle Bathilde Gauthier, fille unique d'un négociant retiré des affaires, qui habite aux environs de la place Clichy. La fiancée est une jeune fille romanesque : elle a dix-huit ans, une taille de sylphide, un teint de lis, de magnifiques che-

veux blonds et de grands yeux bleus rêveurs.
Elle ne paraît pas éprouver une sympathie bien
vive pour son prosaïque cousin, mais celui-ci
ne s'en émeut pas : somme toute, elle n'a pas
carrément dit : « Non » ; les parents veulent ce
mariage, la future est belle, la dot sera ronde ;
l'avenir s'annonce pour notre ami sous les plus
riantes couleurs.

Une chose cependant le préoccupe fort : le
1er avril approche ; quelle farce pourrait-il bien,
à cette occasion, faire à sa promise ?... Mais là,
quelque chose de gentil, de pas banal, qui la
force à l'admirer et à l'aimer... Pendant huit
jours il cherche... enfin, il tient son plan.

* *

Le matin du 1er avril, en se levant, Bathilde
trouve, près de son lit, sur la console, un superbe bouquet de camélias blancs qui sûrement
n'y était point la veille. Comment est-il venu
là ?... Elle se le demande... Sans doute un des
habitués de la maison l'aura fait apporter par sa

femme de chambre, pendant qu'elle dormait, afin de lui faire une agréable surprise à son réveil.

Elle se penche sur les fleurs pour les admirer plus à son aise... Parmi les blanches corolles, un papier rose apparaît ; elle y porte la main, c'est une lettre : l'enveloppe, ornée d'une couronne héraldique et de larges cachets en cire bleue, porte comme suscription : « *A la* PRINCESSE Bathilde, *en son* PALAIS. » Sa conscience de jeune fille bien élevée lui commande de porter le pli à sa mère sans en prendre connaissance ; mais un autre sentiment la retient. Qui donc peut lui écrire ?... Que peut-on lui dire dans cette mystérieuse missive ?... Que peut-on bien lui vouloir ?... Dans un accès de curiosité irrésistible, elle brise le cachet, et lit :

« Princesse,

» Vous voir sans vous aimer fut pour moi
» chose impossible, et vous aimer sans vous le
» dire serait au-dessus de ma raison. Mon cœur
» trop plein avait besoin de s'épancher dans

5

» votre cœur. Je vous aime, PRINCESSE adorée,
» j'aime votre âme sœur de mon âme, j'aime
» votre beauté ineffable, vos yeux couleur
» d'azur, votre visage poétique et gracieux.
» GLOIRE, FORTUNE, HONNEUR SUPRÊME ! tout
» cela, je le sacrifie pour vous, jeune fille, je le
» mets à vos pieds. *Venez me joindre ce soir...*
» *Quand sonnera minuit, je sortirai du pa-*
» *lais...* Et nous fuirons loin de ce monde per-
» vers ! Ensemble, nous irons au pays du rêve,
» jouir d'un bonheur sans mélange qui n'aura
» pas de fin. *Ma vie est entre vos mains... Si*
» *vous venez, c'est la félicité !...* Si vous ne ve-
» nez point, c'est ma mort ! !

» *Signé :* PRINCE CHARMANT. »

Sur le côté gauche du haut de la page, l'on
voit un cœur sanguinolent, transpercé d'une
flèche.

Bathilde ne pense nullement au 1er avril ni
aux *poissons* de cette date ; d'autres préoccupations hantent son cerveau : la semaine d'ayant,
sa mère l'a menée au théâtre du quartier où l'on

donnait la « Belle Gabrielle », un drame histo-
rique, qu'une jeune fille honnête peut voir ; et le
jeune premier, Charles Morillot, qui jouait le
rôle d' « Espérance », a conquis son cœur. Depuis huit jours, elle pense à lui sans cesse ; elle
recherche la solitude, pour pouvoir s'abandonner à de délicieuses rêveries ; dans le silence de
la nuit elle le voit, elle lui parle tout bas, baise
sa fine moustache, l'appelle son *Espérance*, son
prince Charmant, son Charles bien-aimé.

Elle ne doute pas un instant que la lettre ne
soit de l'acteur : elle l'a bien remarqué, *lui*,
entre tous ses camarades ; pourquoi lui ne l'aurait-il pas remarquée, *elle*, dans sa loge de face,
parée de son costume de satin bleu ? Elle a bien
vu, d'ailleurs, qu'à diverses reprises il la fixait,
quand il prononçait, avec tant d'ardeur, son
« je vous aime ». Assurément, la Providence
doit arranger ainsi les choses de l'amour : « Si
l'on aime, l'on est aimée. » Charles l'aura suivie à la sortie du théâtre jusqu'à sa demeure,
aura su ainsi son adresse et son nom et aura
trouvé ensuite un moyen ingénieux de faire par-

venir jusqu'à elle les fleurs et la déclaration. Il
n'y a là rien que de très naturel. Le style de la
lettre la surprend bien un peu, mais elle se dit
que les hommes habitués à parler le langage des
dieux et des poètes doivent, sans doute, s'exprimer de cette façon.

Elle relit l'épître d'amour :

Il l'appelle « PRINCESSE ! » Comme ce titre fait
bien, est autrement doux à l'oreille que le vulgaire mademoiselle. Il signe : « PRINCE CHAR-
MANT », comme c'est gentil de sa part ! « *Fuir
loin de ce monde pervers, pour aller ensemble
au pays du rêve* », quelle délicatesse ! quel sentiment et quelle poésie ! L'âme de Charles est
bien, en effet, la sœur de son âme à elle ! Pour
elle, il est « *prêt à sacrifier son avenir et sa
gloire* » d'artiste ! Que d'amour et que d'abné-
gation !

Le *Prince* l'attend le soir même, à la sortie
du *Palais*, c'est-à-dire du théâtre... C'est peut-
être un peu fort, ce qu'il demande là ? Une jeune
fille sage ne doit pas céder ainsi, à première ré-
quisition, surtout qu'il s'agit d'un rendez-vous

nocturne... Quitter la maison à minuit! cela ne
lui est guère possible ; sa sortie serait remarquée et, d'ailleurs, elle n'oserait jamais s'en aller
toute seule par les rues ; l'on peut faire de mau-
vaises rencontres !...

Mais s'il ne la voit point paraître, Charles va
se donner la mort! il le dit clairement, et il fera
comme il dit, car ces personnages de drame
n'ont qu'une parole et sans regret quittent la vie
quand on brise leur cœur ! !...

A tout prix, elle veut empêcher ce suicide !

Sa résolution est arrêtée : le soir même elle
ira lui porter à la hâte quelques paroles de consolation et d'espoir, le supplier de ne point
mourir.

*
* *

Au déjeuner, Bathilde se trouve placée près
de son cousin qui s'est invité ce jour-là. Léonce
la regarde à la dérobée, en souriant d'une façon
particulière, lui fait de petits signes d'intelli-
gence, essaie de lui prendre la main. Ce garçon l'horripile avec ses manières ; pour s'en

débarrasser elle feint une migraine, quitte la table avant le dessert.

Et notre brave Mélodius, en se frottant les mains, se dit tout joyeux : « Cela y est, j'ai touché juste, elle a deviné que le billet doux était de moi ; elle ne veut pas en avoir l'air, mais elle m'admire ; plusieurs fois je l'ai vue rougir, quand je la tenais sous le feu de ma prunelle ; sûrement la voilà pincée ; elle m'aime. Bientôt j'aurai la fille et la dot. »

*
**

A l'horloge de l'antique clocher de banlieue, tintent les douze coups de minuit. Sur la placette, derrière le petit théâtre, une femme en noir apparaît : elle est vêtue simplement et un voile épais couvre son visage ; mais à sa démarche, à ses moindres mouvements, on la devine jeune, belle, distinguée.

C'est Bathilde ; elle a quitté furtivement sa demeure, et attend Morillot, à quelques pas de la porte de service. Cette porte s'ouvre, livre passage à la troupe d'artistes, de machinistes et de figurants, une quarantaine de personnes de tout âge et de tout sexe. Quelques hommes s'arrêtent devant la jeune fille, la regardent sous le nez. Elle ne voit point son bien-aimé.

Il ne reste pas une âme à l'intérieur du théâtre ; les lumières s'éteignent et l'on va fermer. Notre héroïne est allée trop loin pour abandonner sa mission ; s'armant de courage, elle demande à la concierge :

— M. Charles Morillot, s'il vous plaît ?

— Il vient de sortir à l'instant, répond la bonne femme ; vous pouvez le trouver en tournant le coin de la rue, à deux pas d'ici, chez le marchand de vin qui a un grand escargot pour enseigne ; il s'y arrête tous les soirs.

Arrivée devant le mastroquet, Bathilde regarde par la porte restée ouverte : dans le fond de la pièce, elle aperçoit bien quelques personnes occupées à boire, mais point celui qu'elle cherche. Plus rouge qu'une pivoine, elle s'adresse au comptoir :

— M. Morillot ?

— C'est moi, répond une voix; et l'un des buveurs se lève, vient à Bathilde.

La pauvre fille se trouve décontenancée : la voix qu'elle vient d'entendre est bien celle de Charles Morillot, mais elle ne vibre point sonore et distinguée comme celle d' « Espérance », l'homme qu'elle a devant les yeux n'a point la barbiche en pointe, la fine moustache brune crânement relevée du maître de son cœur ; c'est un garçon ni jeune ni vieux, voûté, maigriot, à la face glabre, maculée de poudre de riz, au regard sans expression.

— C'est bien moi, mademoiselle, qui suis M. Morillot. Qu'y-a-t-il pour votre service ?

Que va-t-elle dire ? elle n'en sait rien ; les belles phrases préparées d'avance n'ont plus de raison d'être, se sont d'ailleurs enfuies de sa mémoire ; elle murmure machinalement :

— Je suis venue pour la lettre.

— Quelle lettre ?

— Vous savez bien, la lettre que vous m'avez adressée... votre déclaration, ajoute-t-elle tout bas.

Naturellement, Morillot n'y est pas du tout ; mais la fille est jolie, il flaire aussitôt une bonne fortune et reprend avec un imperturbable aplomb :

— Ah ! oui, la lettre, la déclaration ; je vous remercie, mademoiselle ; c'est bien aimable de votre part d'être venue. Passons par ici, nous pourrons causer plus librement.

Et il l'entraîne dans le petit cabinet ménagé à l'un des angles de la salle commune, fait servir des consommations.

— Je suis venue simplement, dit Bathilde, pour empêcher un malheur et une folie ; puisque je vous trouve raisonnable, je vais promptement rentrer à la maison, où, je l'espère, mon absence n'aura pas été encore remarquée.

L'on raconte que Garrick, le célèbre acteur anglais, le créateur du rôle de Roméo, se trouvant un jour le héros d'une aventure analogue à celle que nous décrivons, renvoya indemne la jeune miss, après l'avoir magistralement chapitrée. Notre cabotin n'est pas de l'école de Garrick : les petites ouvrières, même les mar-

chandes d'amour, qu'il a tenues dans ses bras
gratis pro Deo, les soirs où il joue ses rôles à
succès, il les compte par douzaines ; mais une
vraie fille de *la haute* venant s'offrir ; c'est la
première fois que pour lui se produit le cas, et
il se garderait bien de laisser échapper pareille
aubaine. Il force Bathilde à s'asseoir dans le
cabinet, et séance tenante lui lance une déclaration d'amour ; amalgame de tirades apprises
par cœur et pas trop mal débitées ; l'appelle sa
reine, sa princesse adorée ; lui jure qu'il préfé-
rerait la mort à son dédain.

Toute-puissance de l'imagination sur les na-
tures sentimentales ! En écoutant cette voix qui,
à son oreille, résonne claire et musicale, Bathilde ne voit plus l'homme sous ses véritables
traits ; elle voit, elle entend son Espérance
chéri, celui que, depuis huit jours, elle porte
dans son cœur ; elle boit avec lui de la char-
treuse frelatée, lui abandonne ses deux mains
qu'il baise avec transport. Le désappointement
tout à l'heure éprouvé par elle s'est complètement
dissipé, a fait place à un indicible ravissement,

jusque-là inconnu d'elle. Elle aime Charles Morillot.

Quand arrive le quart d'heure de Rabelais, il se trouve qu'Espérance a oublié son porte-monnaie ; elle lui glisse le sien qu'il accepte sans aucune difficulté ; il règle alors les consommations ; il la mène ensuite dans un cabaret voisin, fait servir un souper, ce qu'il y a de meilleur, et solde sans compter.

Sous l'influence de la passion et des boissons absorbées, la jeune fille a perdu la tête, a complètement oublié ses devoirs et ses parents ; elle commence à vivre dans le rêve. A deux heures du matin, elle se trouve aux bras de son amant, dans sa chambre d'hôtel meublé, et se croit dans un merveilleux palais...

*
* *

Hélas ! en s'éveillant le lendemain de cette nuit de folie, Bathilde a ressenti, avec une intensité très grande, la désillusion et le remords. Les acteurs et les actrices ne gagnent pas à être

vus au grand jour. Puis, notre vaniteux jeune
premier veut montrer sa *conquête* ; il va parader
avec elle dans les divers estaminets du quartier, la force à boire, la présente aux copains,
lesquels, habitués aux femmes faciles, lui tien-
nent des propos qu'elle n'a jamais entendus.

Pendant l'après-midi, Bathilde, un instant
seule dans la chambre d'hôtel, se livre à de
tristes méditations... Tout à coup, la porte s'ouvre avec fracas ; une gaillarde solide apparaît,
la maîtresse en titre de Morillot. Elle accable
d'injures la jeune fille, l'accuse de lui avoir volé
son homme ; lui crêpe le chignon, lui fait dégringoler l'escalier.

Une fois dans la rue, la malheureuse ne sait
que devenir. L'idée du suicide se présente à son
esprit. Mais la mort est un morceau dur à avaler ! Après bien des hésitations, elle se décide à
retourner chez ses parents. Ceux-ci, depuis le
matin, dans des transes mortelles, ayant déjà
vainement fait fouiller tout Paris à la recherche
de leur enfant qu'ils commencent à croire per-

due, sont très heureux en somme de la retrouver et lui pardonnent son escapade.

*
* *

L'on annonce le mariage de Léonce Mélodius avec mademoiselle Bathilde Gauthier. L'on dit que le futur époux n'aura pas à subir les longs délais réglementaires avant de connaître les joies de la paternité. Aura-t-il, cette fois, renoncé pour toujours à ses bonnes mystifications qui si bien lui réussissent?...

Chi lo sa ?

EFFET D'AMOUR MATERNEL

Avez-vous remarqué combien est divers, en ses manifestations, ce sentiment sacré que l'on nomme l'amour maternel ; comme il varie selon le tempérament de la mère ? Sans nous attarder à philosopher plus longuement, voici, sur ce thème, deux historiettes qui n'en font qu'une.

**

Dans ce temps-là, qui n'est pas très ancien, célibataire comme aujourd'hui, j'habitais une maison de la rive gauche, dans un quartier miouvrier, mi-bourgeois. Sur mon carré, au second étage, il n'y avait que trois petits logements. J'avais pris celui du milieu ; les deux autres étaient occupés : celui de droite, par deux femmes seules, Mme Bernard et sa fille, Désirée ; celui de gauche, par deux femmes seules également, Mme Dumont de la Rosière et sa fille, Noémie.

Mes occupations me retenant ordinairement au logis, j'avais, peu à peu, lié connaissance avec mes voisines, j'entrais parfois chez l'une ou chez l'autre ; mais elles, ne se fréquentaient point entre elles et se méprisaient mutuellement.

*
* *

Mme Bernard, petite femme chétive et d'allure timide, s'intitulait « artiste dramatique » ; elle était tout bonnement attachée à un théâtre en qualité de figurante et de choriste, ce qui lui rapportait dans les quatre-vingts francs par mois. Elle avait trafiqué de ses charmes jadis, et même brillé un temps dans le monde de la

galanterie ; mais ses charmes étaient passés
vite ; à trente-huit ans à peine, elle paraissait
vieille ; rien ne lui était resté de son éphémère
splendeur que le souvenir, et aussi, sa fille Désirée.

Celle-ci avait alors quatorze ans, et déjà était
femme. Avec sa poitrine développée, son teint
mat, sa bouche mutine, ses grands yeux bleus
au regard expressif, sa luxuriante chevelure
blonde tombant en cascade sur ses épaules, elle
était belle réellement, belle de cette beauté pré-
coce, qui charme et surprend.

La maman, ayant renoncé pour son propre
compte à toute prétention, avait concentré sur
sa fille toutes ses espérances, tout son orgueil,
tout son amour, s'était faite sa très humble servante, l'esclave de tous ses caprices ; s'était sa-
crifiée pour lui donner une bonne instruction.
L'âge étant arrivé de lui apprendre un état, la
mettant à même de gagner sa vie plus tard, elle
se trouvait fort embarrassée pour faire un
choix : la prendre avec elle, au théâtre ? dans
cette école de dévergondage ! Oh ! non, elle ne

le voulait pas, sa mignonne resterait chaste et
pure. La couture? fi donc, c'est par trop assu-
jettissant ; puis, ce travail déforme la taille, on
s'y pique le bout des doigts ; il n'en fallait pas.
Demoiselle de magasin? Rester toute la journée sur les jambes ! enfermée entre quatre
murs ! subir les caprices des clientes ! c'était
bon pour d'autres, mais pas pour sa chérie. Et
il en était de même de toutes les situations
qu'on lui proposait ; tout était trop dur et trop
bas pour son enfant.

De délai en délai le temps s'écoulait ; la mère
ne prenait pas de décision, s'abandonnait au
bonheur de dorloter sa fille. Son unique plaisir
était de s'occuper d'elle, de peigner ses beaux
cheveux, de polir ses ongles, de pommader ses
pieds, d'entretenir ses effets dans le meilleur
état possible, de lui éviter tout travail, tout
souci. Afin d'équilibrer son maigre budget, elle
accomplissait, sur sa dépense personnelle, des
miracles d'économie ; restait toujours dans les
mêmes loques, vivait de pain et d'eau ; mais,
sa fille allait vêtue comme une « demoiselle »

et avait des friandises à profusion. Elle crai-
gnait toujours que « l'air ne la lui enlevât »,
passait des nuits à son chevet, au moindre
symptôme de maladie.

Désirée se laissait faire, trouvait tout naturel
d'être traitée ainsi ; mais bonne enfant au fond,
n'abusait pas trop de son autorité, n'était point
le tyran qu'elle aurait pu être ; bousculait peu
sa maman et, même, lui permettait parfois de
l'embrasser, lorsque la dite maman avait été
bien sage.

*
* *

A mes voisines de gauche :

Mme Dumont de la Rosière, veuve d'un fonc-
tionnaire, occupait, dans une grande adminis-
tration de l'État, un de ces emplois peu rému-
nérateurs, mais point trop absorbants et qui
permettent à la femme seule de conserver un
certain décorum. Toujours en noir, dans le
même costume râpé, mais correct et propre ;
grande, élancée, pâle, avec des lèvres rougies,
des yeux agrandis par le coheul, des cheveux

restés bruns, une expression de fierté domina-
trice dans le regard ; malgré ses quarante ans
bien sonnés, elle produisait encore son effet.
Dans la maison, on la tenait pour une femme
orgueilleuse, et aussi pour une femme honnête,
restée fidèle à la mémoire de son mari ; en réa-
lité, elle n'avait point désarmé encore et entretenait des intrigues amoureuses au dehors ; j'en
avais eu des preuves.

Mlle Noémie avait dix-huit ans ; on lui en aurait donné quinze. Mme Dumont cachait sa fille
à tous, ne la sortait jamais avec elle, ne lui
avait jamais permis de sortir seule, même pour
les menues commissions dans le quartier ; chaque matin en partant pour son bureau, elle l'en-
fermait à double tour, et n'importe qui pouvait
venir sonner à la porte du logement, en l'absence de la mère, la petite avait ordre de ne
répondre jamais. La pauvre enfant restait seule,
pendant les longues heures de la journée, rarement débarbouillée, jamais peignée, portait encore ses robes courtes d'enfant qui n'étaient plus
que des haillons. Cependant, en l'examinant

avec un peu d'attention, l'on s'apercevait que son visage était rose et blanc, que ses yeux étaient beaux, que sur son front de vierge s'épanouissait une puissante couronne de cheveux noirs ; qu'il eût suffi d'un rien pour transformer le petit souillon en une ravissante jeune fille.

L'on eût dit que Mme Dumont effaçait sa fille, voulait la conserver bébé, afin de se donner l'illusion qu'elle-même était toujours jeune, et que, la voyant grandir malgré tout, elle jalousait en elle une rivale possible. C'était peut-être bien un peu cela. Il n'en est pas moins vrai que la maman aimait beaucoup son enfant : elle s'était chargée de faire elle-même son instruction, ce qui lui prenait toutes ses soirées, et jamais elle ne rechignait à cette fastidieuse besogne d'institutrice. Très réservée à son égard, si elle se sentait observée, elle se laissait aller dans le tête-à-tête aux plus tendres démonstrations, s'affolait aussitôt qu'elle la voyait tant soit peu souffrante ; en résumé, elle ambitionnait un avenir heureux pour sa fille, mais elle aurait voulu éloigner indéfiniment cet avenir.

*
* *

Voyons ce qu'il advint de ces deux amours maternels, et quel fut le résultat de ces deux éducations si différentes l'une de l'autre.

*
* *

Désirée touchait à sa quinzième année. Un soir, se promenant seule, elle fit la rencontre d' « un monsieur très bien », un homme marié et déjà grand-père, qui lui proposa de lui meubler un petit hôtel et de lui servir une rente de mille francs par mois.

La gamine accepta, vint conter la chose à sa mère. Celle-ci, stupéfaite, s'efforça de la dissuader, de la maintenir sur le droit chemin ; mais Désirée ne souffrait guère les observations ; catégoriquement, elle déclara en avoir assez de sa vie de misère. La maman céda, conduisit elle-même sa fille au premier rendez-vous, s'installa auprès d'elle dans le confortable appartement, put continuer à l'entourer de soins assidus.

Peu après, Désirée, dont le tempérament s'é-
veillait, ne se sentit point suffisamment satisfaite par le luxe que lui donnait le *vieux*; elle
voulut se payer un amant de cœur, un gommeux de bas étage, rencontré au bois, qui la
dépouilla d'abord, et ne tarda pas à la mal-
traiter. La mère avait dû prêter la main à ce
caprice, monter la garde nuit et jour à la porte
des amoureux pour leur éviter toute fâcheuse
surprise. Malheureusement pour eux, le protec-
teur avait du flair; trompant la vigilance de la
maman, il découvrit le pot aux roses et jeta
tout le monde sur le pavé.

Le gommeux, voyant le râtelier vide, s'en
alla pour ne plus revenir.

Toute décontenancée de ce double abandon,
Désirée se laissa épouser par un rastaquouère
qui rêvait de battre monnaie avec les charmes
d'une femme de seize ans, et qui, trouvant le
métier pas assez lucratif, la lâcha bientôt.

Les deux femmes ont échoué en hôtel meublé.
Désirée, de plus en plus jolie, mais pas rou-
blarde pour deux liards, exerce la profession

d'horizontale de moyenne marque. La mère adore toujours sa mignonne, toujours la sert avec le même dévouement désintéressé ; mais la fille, très désabusée, méprise sa mère, l'accuse d'avoir, par sa mauvaise éducation, étouffé tous les instincts d'honnête fille qui étaient en elle, lui reproche de l'avoir perdue, de l'avoir vendue.

A mes autres voisines :

Pour lors, Mme Dumont de la Rozière entretenait des relations intimes avec un jeune sergent-major, joli garçon. Très soucieuse de sauvegarder les apparences, elle ne le recevait jamais chez elle, sans toutefois lui cacher son adresse. Les deux amants se voyaient à jour fixe, dans un quartier éloigné du nôtre.

Un jour, le jeune homme eut la fantaisie de venir la surprendre dans son logement. Il arriva comme elle venait de partir, ayant oublié, pour la première fois peut-être, la clef sur la porte. Il ouvrit et entra, se trouva face à face avec

Noémie dont il ignorait totalement l'existence.
Devinant qui elle était, à cause de sa ressemblance avec sa mère, il se donna pour un parent
de la famille et se montra très réservé afin de
ne point l'effaroucher.

Noémie s'était amusée à se parer un peu. Le
sous-officier la regardait, émerveillé, croyait
voir en elle sa maîtresse rajeunie de vingt ans,
faisait cette réflexion que la maman était décidément un peu mûre pour lui, que la fille con-
viendrait mieux. Longuement il la fit causer,
parut prendre le plus vif intérêt à ses confidences, discrètement la courtisa. Pendant cinq
heures dura le tête-à-tête, et les jeunes gens se
séparèrent à regret, fort satisfaits l'un de l'autre.
La naïve Noémie s'empressa de raconter cette
visite à sa mère, dès sa rentrée, fit le plus grand
éloge du cousin soldat, dit qu'elle voulait se
marier avec lui, etc., etc.

Le sergent-major revint le lendemain, trouva,
bien entendu, la porte hermétiquement close ;
mais ayant pénétré dans la cour, déserte à cette
heure il aperçut Noémie à la fenêtre. Le cer-

veau de la jouvencelle avait travaillé depuis la
veille ; les menaces et les larmes de sa mère
ne l'avaient pas convaincue : elle en avait assez,
de la séquestration ; elle voulait vivre libre, désormais, comme tout le monde, aimer son cousin
et en être aimée. Bout à bout elle réunit trois
draps de lit, en forma un câble, qu'elle jeta au
dehors après en avoir fixé l'extrémité à la barre
d'appui de la croisée ; puis, enjambant cette
barre, elle se laissa glisser le long de son câble
jusque dans les bras du joli garçon.

Lorsque, rentrant de son travail, Mme de la
Rozière trouva la maison vide et se rendit
compte de ce qui s'était passé, elle fut prise
d'une crise horrible de colère et de désespoir.
Tout craquait pour elle à la fois ! Sa fille unique
et chérie, qu'elle avait élevée avec tant de pré-
cautions, dans de si bons principes, sa fille
l'abandonnait ! Elle fuyait, déshonorée, et, dans
sa fuite, lui volait son homme à elle ! celui qui
avait été sa dernière consolation, sa dernière
joie !

Elle fit des efforts surhumains pour retrouver

son enfant; mais, craignant le scandale par-dessus tout, elle ne mit personne dans son secret, voulut agir seule, et ses recherches, insuffisantes, demeurèrent sans résultat.

La suite de l'aventure est banale. Noémie fut, durant une semaine, la maîtresse de son séducteur; mais les ressources d'un sergent-major sont des plus modestes; la jeune fille ne savait pas faire œuvre de ses dix doigts, et il fallait vivre, payer sa chambre. Pour sortir de l'impasse où elle s'était fourvoyée, trois solutions se présentèrent à son esprit : se jeter à la Seine, retourner chez sa mère ou se livrer à la prostitution. Elle avait une peur atroce de l'eau profonde et des dalles de la morgue, et presque aussi peur de sa maman. Elle écouta les propositions d'un passant.

Mme Dumont, subitement vieillie, laisse maintenant ses cheveux blanchir et ses rides se creuser. La jalousie de l'amante s'est effacée devant l'amour de la mère. Elle pleure son enfant, elle lui pardonne et voudrait la revoir. La jeune prostituée, qui n'est point encore parvenue à se nipper, erre d'hôtel en hôtel.

*
* *

Un moraliste trouverait, certes, à épiloguer sur mes deux historiettes ; un sceptique pourrait en inférer qu'en matière d'éducation féminine les causes contraires produisent d'identiques effets.

LA JAQUETTE DE PELUCHE

Nous l'aimions tous, au Quartier, ce brave Tardivel, joyeux, déluré, bon diable, toujours prêt à obliger et à donner un bon conseil. Sa femme, la sémillante Célestine, était-elle assez gentille, assez accorte! Professeur déjà coté, dans un lycée de Paris, il l'avait connue petite ouvrière, l'avait épousée par amour, et après deux ans de mariage, la lune de miel durait encore pour les époux, toujours amants.

Ils étaient de toutes nos joyeuses parties du dimanche. Mme Tardivel, restée la mignonne ouvrière du faubourg, toujours en toilettes sim-

ples qui lui allaient à ravir, pas bégueule pour
deux liards, ne faisait point fi de nos épouses
plus ou moins légitimes! Nulle mieux qu'elle
ne savait trottiner dans les herbes, tenir la barre
du gouvernail, manier au besoin les avirons,
lancer la chanson sentimentale ou comique au
dessert. Le couple était le boute-en-train de
notre bande.

Brusquement, sans que rien nous eût fait
prévoir leur retraite, nous ne vîmes plus du tout
les Tardivel. Etaient-ils fâchés? Etaient-ils
malades? Etaient-ils morts?... Avaient-ils simplement changé de quartier ou de situation?...
Telles étaient les questions que nous nous
posions mutuellement, sans pouvoir y répondre.
Ce que nous savions bien, tous, c'est qu'ils
avaient complètement disparu de la circulation.

*
* *

Depuis plus de six mois nous étions sans nouvelles de nos amis; je commençais à les oublier
lorsqu'un matin, passant dans une rue peu fré-
quentée, je croisai une bourgeoise fort élégante,

Célestine ! A quelques pas derrière elle, comme
la bonne escortant sa patronne au retour du
marché, arrivait Tardivel en costume râpé,
porteur de divers colis.

Mon premier mouvement fut de marcher au
professeur la main tendue ; mais, réfléchissant
aussitôt que j'allais l'humilier en le surprenant
dans ses fonctions de commissionnaire de madame, je poursuivis ma route, feignant de n'a-
voir rien remarqué. Lorsqu'ils m'eurent dépassé
je fis demi-tour, je les suivis de loin pour m'assurer de la maison où ils demeuraient. Le soir
même, comme Tardivel rentrait pour le dîner,
je vins le cueillir à la porte de cette maison ; je
l'entraînai au café.

L'on nous servit deux absinthes.

Mon ami me paraissait tout drôle, se tenait
sur une réserve absolue ; il fallait lui arracher
les paroles du ventre une à une. Peu à peu, à
mesure que nous absorbions la liqueur verte, sa
langue se délia. Enfin, cédant à un irrésistible
besoin d'expansion :

— Hélas, oui ! mon cher, me dit-il, nous avons

bien changé, ma femme et moi, depuis la saison dernière.

— Comment, bien changé?

— Tu ne vois donc pas que j'ai vieilli de vingt ans! Mme Tardivel est toujours jeune, elle, mais ma jeunesse, à moi, est finie.

— Vieilli de vingt ans! Je ne trouve pas. Quant à ta jeunesse finie, par exemple, c'est un peu fort! tu n'as pas plus de trente-deux ans et tu te portes comme un charme!

— Eh! qu'importent l'âge et la santé! je suis un homme à la mer, je suis fini, te dis-je, ratiboisé!

Et cela, pour une misérable jaquette de peluche!

— Une jaquette de peluche!

— Oui, de peluche, ou peut-être de velours, je ne me rappelle plus très bien. Au fait, je puis bien te narrer la chose, à toi, mon vieil ami.

Et Tardivel me fit sa confession :

*
* *

Tu sais que j'ai ma sœur aînée, Madeleine, mariée à un notaire à Carpentras.

J'étais en froid avec eux, à cause de mon mariage, qu'ils qualifiaient de mésalliance; pourtant ma sœur, ayant eu affaire à Paris, descendit chez nous, fit même très bon ménage avec Célestine.

Elle aurait bien dû, pour mon repos, rester en Vaucluse.

Lorsqu'elle fut repartie :

— As-tu remarqué, me dit ma femme, comme ta sœur avait une belle jaquette de peluche?

J'avais vu, en effet, que Madeleine portait une sorte de pardessus noir, bouffant aux épaules, y formant deux grandes cornes entre lesquelles sa tête était engoncée; j'avais même trouvé un peu grotesque cet accoutrement.

— Oui, répondis-je.

— Elle est riche, elle, reprit ma moitié; la femme d'un notaire peut se payer cette fantaisie; moi, je n'étais qu'une petite ouvrière, je n'aurai jamais une jaquette de peluche.

— Ecoute, ma petite Célestine, je crois que ce vêtement ne te rendra pas plus gentille que tu n'es; pourtant, si tu en as bien envie, je puis te l'offrir.

— Oh! non, je ne veux pas, nous ne sommes pas assez riches.

— Pas assez riches! je gagne bien notre vie à tous deux, je présume; nous nous priverons un peu sur autre chose et tu auras ta jaquette, comme ta belle-sœur; tu es autant qu'elle.

A partir de ce jour, ma femme prit un abonnement à un journal de modes et inaugura une série de visites aux grands magasins de nouveautés, tous les après-midi, à la recherche des bonnes occasions pour jaquettes.

Le dernier du mois, sitôt que j'eus touché mon traitement, je me rendis avec elle au Bon Marché. Elle essaya bien trente jaquettes; aucune ne lui donnait pleinement satisfaction; finalement, elle acheta de l'étoffe, tout ce qu'il y avait de beau, et aussi de la doublure et des fournitures. Une de ses anciennes camarades, très experte, se chargea de la confection.

La couturière fit traîner le travail pendant près de cinq semaines; Célestine devenait nerveuse, songeait plus à sa jaquette qu'à son mari. Enfin, après maintes retouches, l'objet fut terminé, il

7

s'agissait de l'étrenner; seulement, l'achat de l'étoffe et le prix de la façon avaient mis ma bourse à sec; impossible de songer à une belle partie; il fut convenu que nous nous contenterions d'une promenade à pied, dans Paris.

C'était un dimanche de novembre, il faisait beau. J'avais le matin une leçon à donner rue Castiglione; nous prîmes rendez-vous pour deux heures, au bout de cette rue, près de la grille du jardin des Tuileries.

Les devoirs de mon élève furent corrigés sommairement ce jour-là; j'avais hâte de joindre Célestine, de voir l'effet qu'elle produisait.

Je la trouvai à l'entrée du jardin; elle avait la figure courroucée et s'empressa de me chercher querelle : depuis plus de dix minutes elle attendait! Des passants l'avaient accostée! la prenant pour une coureuse! J'avais bien peu de souci de ma femme, de la laisser ainsi seule, faire le pied de grue! On voyait bien que je ne l'aimais plus! etc., etc.

Sans trop me préoccuper de ses reproches, je l'examinais désappointé : la peluche flambant neuve tranchait crûment sur le costume un peu défraîchi ; le chapeau que, pour la circonstance, elle avait rafistolé, était loin de s'harmoniser avec l'ensemble de la toilette.

La jaquette écrasait tout.

Nous passâmes une assez triste après-midi, à nous quereller et à piétiner dans la poussière, sous les arbres défeuillés.

Le mois d'après je lui achetai un chapeau de soixante francs.

Mais alors la partie basse de la toilette parut tout à fait délabrée ; il eût été ridicule de la sortir ainsi.

Nous fîmes la commande d'un costume en satin bleu qui fut taillé à la dernière mode.

Cette nouvelle dépense greva mon traitement pour trois mois, pendant lesquels nous dûmes rester enfermés à la maison et nous serrer le ventre.

Puis, il fallut des bottines de 35 francs pour madame.

**

Elle était correcte de la tête aux pieds.

Quatre ou cinq dimanches de suite, nous
exhibâmes son complet sur les boulevards, dans
les jardins publics, dans les musées, un peu partout où il n'y avait rien à payer.

Ces sorties ne nous donnèrent pas grand plaisir : d'abord, nous n'osions guère nous éloigner
de notre domicile par peur de la pluie; la
moindre ondée aurait perdu la jaquette; puis il
fallait constamment s'observer : une élégante n'a
point le droit de s'arrêter à flâner aux étalages,
ni de dîner au cabaret, ni de se montrer dans un
théâtre aux places à bas prix. Après une marche
de trois ou quatre heures sans arrêts, nous ren-
trions mécontents, exténués.

Et, en quittant son attirail de grande dame,
elle devait s'affubler de ses modestes hardes de
jadis. La déchéance était par trop grande; on
aurait pu la prendre pour la bonne de Mme Tardivel; il était de toute nécessité de la pourvoir
de vêtements d'intérieur selon son rang : robes
de chambre à volants, peignoirs de flanelle. Je
m'exécutai. Et alors, oh! alors, la cage ne se
trouva plus assez belle pour l'oiseau; notre loge-

ment enfumé, notre mobilier archaïque ne s'harmonisèrent plus avec la maîtresse de maison.

Bref, je poussai le sacrifice jusqu'au bout : je fis venir les peintres décorateurs, qui remirent tout à neuf; mes meubles, héritage de famille, compagnons de mon enfance et de ma jeunesse, mes pauvres vieux meubles s'en allèrent chez les brocanteurs; je m'abouchai avec une maison de crédit qui nous fit une installation dans le dernier goût du jour, paraît-il, et à des prix exorbitants. Le buffet craque et se détraque, les chaises sont disloquées, le guéridon se fendille, les fauteuils gémissent quand on s'assied dessus et le canapé s'éraille.

Pour l'entretien de ce matériel, je pris une bonne qui faisait danser l'anse du panier, brisait tout dans la maison et du matin au soir se disputait avec ma femme.

La place devenait pour moi intenable; j'ai flanqué à la porte la particulière et me suis chargé personnellement de ses fonctions.

Pour faire face à l'accroissement de mes dé-

penses, il s'agissait forcément d'augmenter le
chiffre de mes recettes : j'ai remué ciel et terre
pour trouver de nouvelles leçons ; tout mon
temps est pris et j'y arrive à peine. Sans cesse
hanté par la crainte de ne pouvoir tenir mes
engagements de fin de mois, je n'ai plus une
minute de tranquillité d'esprit et, lorsque après
une journée de fatigue je rentre au logis, il me
faut courir aux provisions, cirer le parquet,
épousseter les meubles, etc. Heureusement
encore que nous n'avons pas de mioches!

*
* *

Dimanche, j'eus la nostalgie de vivre quelques heures de notre vie d'autrefois. Après bien
des prières je décidai ma femme à venir faire un
tour à Chaville. Il faisait un bon soleil, l'air
était doux, les bois étaient, comme l'an dernier,
pleins de verdure et de chants d'oiseaux ; mais
nous, combien nous étions changés! Célestine
avait arboré son costume bleu clair ; elle ne
pouvait, en cet équipage, se coucher dans
l'herbe, comme naguère, ni même s'asseoir ; son

corset, d'ailleurs, et aussi ses bottines la faisaient souffrir.

Un instant, nous voulûmes marcher à travers
bois : on eût dit que le bois l'avait prise en haine ;
tous les buissons, toutes les plantes grimpantes
ou épineuses se dressaient sournoisement sous
ses pas, se hérissaient, s'agriffaient à ses volants
et aux dentelles de ses jupes, en arrachaient
des lambeaux. Elle tempêtait contre moi, et moi
je n'étais point content d'elle.

Quand vint le soir, l'aplatissement de mon
porte-monnaie ne me permettant pas de la
mener dîner sous la tonnelle, nous rentrâmes à
la maison, manger notre restant de pot-au-feu
du samedi.

Quel contraste avec nos joyeuses promenades
d'autrefois !

Et dire que j'ai vécu si heureux pendant deux
ans ! Sans ambition, sans nul souci de l'avenir
ni des créanciers, avec ma petite femme si na-
turelle, si gentille, si aimante et si bonne ! Oh !
cette jaquette ! cette satanée jaquette de peluche,
cause initiale de tous mes ennuis ! Je veux la

prendre, la déchirer de mes mains ! Avec ses journaux de modes, j'y mettrai le feu, je jetterai par-dessus son costume bleu, ses chapeaux à panache; ses coûteuses frusques et tous ses falbalas, puis ses bibelots qui m'encombrent, ses meubles de palissandre ! tout flambera dans le bûcher ! ! !

*
* *

Le malheureux s'était levé, en prononçant ces dernières paroles, en proie à une vive surexcitation.

Après une pause il reprit, une octave plus bas :

« Il faut pourtant que je lui achète un costume rose, elle ne peut pas éternellement se faire voir dans son même costume bleu de l'an dernier; l'on croirait que nous *baissons;* cela me nuirait dans l'esprit des parents de mes élèves. Un homme passe toujours, mais la tenue féminine est remarquée. Il lui faudrait aussi une bague et des brillants; la femme d'un professeur qui se respecte doit avoir des bijoux. »

Mon pauvre ami ! Il était contaminé jusqu'aux moelles.

Je le quittai sans lui faire la moindre observation, sans m'épuiser en exhortations que je savais inutiles, le mal qui l'étreignait étant de ceux qui ne se guérissent point.

UN REMÈDE A L'AMOUR

Elle se nommait Héloïse, lui Rémond.

Elle comptait dix-huit printemps ; lui, avait depuis quatre ou cinq ans dépassé la trentaine. Tous deux habitaient Paris.

Blonde, grande, souple et gracieuse dans ses moindres gestes ; blanche de peau, avec des roses sur les joues, une longue chevelure bouclée, de grands yeux bleus au sourire espiègle, une mignonne bouche à l'intarissable babil, Héloïse était le type accompli de la jolie modiste parisienne.

Rémond, sans avoir les formes de l'Anti-

noüs, était, de sa personne, plutôt bien que
mal. Simple fils d'ouvrier, mais bien doué, travailleur, probe, il avait conquis une situation
indépendante et rémunératrice, et devait à son
seul mérite son élévation.

*
* *

Voici comment se connurent nos jeunes gens.

Par un beau dimanche du mois de mai, Rémond, s'étant rendu chez un de ses amis, au
village de Champigny, pour y passer la journée, trouva, au nombre des convives, la jeune
modiste, venue, le matin, livrer divers objets de
toilette, et que la maîtresse de maison avait retenue à déjeuner. Tout d'abord, il se sentit attiré
vers la jolie fille; deux ou trois fois dans l'après-
midi, il eut occasion de lui adresser la parole ;
le soir, il prit le chemin de fer avec elle pour
regagner Paris, et ils firent la causette pendant
le trajet.

Le dimanche suivant, sans s'être donné le
mot, ils se retrouvèrent au même village de
Champigny, chez le même amphitryon, et firent

de nouveau route ensemble pour revenir. Beau
coup plus familiers à l'égard l'un de l'autre qu
leur premier voyage, ils échangèrent quelqu
confidences : Héloïse apprit à son compagno
qu'elle habitait seule, rue Saint-Placide, et tra
vaillait chez une grande couturière, rue de
Paix ; elle arrivait à l'atelier le matin à hu
heures, en sortait le soir à sept. Il fut conven
que l'on pourrait se voir quelquefois, le soir
quand il ferait beau : Rémond viendrait l'at
tendre à la sortie, et l'on aurait le plaisir d
passer ensemble une heure ou deux.

Sans plus de façons, leur fréquentation com
mença : ils se virent d'abord deux fois la se
maine, puis trois, puis quatre fois. Un soir, Hé
loïse fut curieuse de visiter l'appartement d
son ami. Rémond, la croyant pure encore,
s'était juré de la respecter ; mais, de la voir
chez lui, provocante et câline, il oublia son ser
ment.. Elle ne fit, d'ailleurs, aucune résistance.

Il put constater qu'il n'était point le premier
arrivé. Cette découverte l'attrista fort ; il eut le
courage, cependant, de dissimuler sa décep-

tion, se garda, surtout, de rien reprocher à sa maîtresse : et leurs relations se continuèrent elle, caressante de plus en plus, lui l'aimant de toute son âme, essayant de se persuader qu'il s'était trompé, qu'elle n'avait jamais appartenu qu'à lui.

*
* *

En pleine lune de miel, Rémond fut obligé de quitter Paris pendant près d'un mois. Il comprit, dès lors, combien était puissant le lien qui l'attachait à Héloïse : les jours passés loin d'elle lui parurent d'une désespérante longueur.

Sitôt de retour, il courut l'attendre à la sortie de l'atelier.

Sans lui faire précisément mauvaise figure, la modiste l'accueillit drôlement : elle ne semblait pas avoir beaucoup souffert de son absence, ne paraissait pas pressée de le revoir. Elle ne voulut point marcher à son bras, sous prétexte « que des personnes de connaissance pourraient les rencontrer et *la prendre pour ce qu'elle n'était pas* ». Elle refusa formellement de se rendre chez lui, le pria même de ne plus venir désormais, l'attendre le soir, afin de ne pas la compromettre.

Rémond se retira décontenancé ; pendant toute la nuit, il fouilla sa cervelle pour découvrir en quoi il avait pu offenser son amoureuse et ne trouva rien.

Le lendemain, il lui écrivit longuement ; sa lettre resta sans réponse.

Malgré la défense faite par la jeune fille, il se rendit rue de la Paix, la vit, lui dit qu'il ne pouvait vivre sans elle, lui demanda sa main.

— Je vous ai bien aimé dans les premiers temps, répondit-elle. J'aurais été heureuse, alors, de devenir votre femme ; comme vous ne m'avez parlé de rien, vous comprenez, cela m'a passé. Il est trop tard, maintenant : je me marie avec un autre, c'est décidé. Ce mariage me déplaît, mais mes parents me forcent à le faire. Ne vous désolez pas pour cela, mon futur est vieux et laid ; il m'adore, paraît-il ; mais moi, je ne puis le souffrir ; une fois mariée, je serai plus libre, et nous pourrons nous *voir*, si cela nous convient.

Le pauvre garçon ne peut en croire ses
oreilles. Comment! depuis des années, Héloïse vit seule à Paris, entièrement libre, loin
de l'autorité de ses parents, qui paraissent,
d'ailleurs, se soucier fort peu d'elle, et voilà
que, prise subitement d'un accès d'obéissance
passive, elle se soumet à leur volonté pour l'ac-
complissement de l'acte le plus important de la
vie ! Pour ne point leur déplaire, elle épouse,
sans protestation, un homme qui lui est odieux,
et que, d'avance, elle est résolue à tromper ! ! !
C'est trop fort, par exemple !... Il dit à son
amoureuse tout ce qu'il croit propre à la dissuader de s'enchaîner ainsi à la légère ; mais son
éloquence est dépensée en pure perte ; elle reste
inflexible, et, de sa voix la plus douce, lui si-
gnifie son congé.

*
* *

Après une nouvelle nuit d'insomnie, Rémond
va errer près du domicile de la jeune fille. Le
temps est sombre, il bruine. A l'heure habituelle, il la voit sortir.

Mêlé à la foule matinale, il la suit de loin, machinalement, sans intention de l'épier, sans savoir pourquoi il la suit. Tout à coup, il croit la voir prendre le bras d'un jeune homme et disparaître avec lui sous un parapluie. Suffoqué, il s'arrête : c'est comme s'il venait de recevoir en plein cœur un coup de poignard ; une sueur froide inonde son front, ses jambes mollissent. Il se raidit, cependant, accélère le pas afin d'atteindre le couple et de s'assurer qu'il n'a pas commis d'erreur ; mais les couples abrités sous des parapluies sont nombreux ; ses yeux se brouillent ; il a beau marcher vite et regarder à droite et à gauche de la rue, il ne découvre rien. Il arrive ainsi jusqu'à la porte de l'atelier, y attend vingt minutes au moins, et ne voit point entrer Héloïse. Alors, il éprouve une sorte de soulagement : il essaie de se persuader que ses yeux l'ont trompé, que la jeune fille a fait toute seule la route, et que, depuis longtemps, elle est rendue à son travail.

Le soir, il revient, assiste à la sortie des ouvrières : Héloïse ne paraît point. Supposant qu'elle a pu être retenue après le départ de ses camarades par un ouvrage pressé, il reste ; pendant plus d'une heure, il guette la porte, haletant, anxieux... Enfin, lassé d'attendre, il se retire ; il comprend que le doute ne lui est plus permis, qu'il doit se rendre à l'évidence. Il a cessé de plaire, c'est certain ; l'histoire du mariage n'était qu'un leurre, un prétexte pour l'évincer ; c'est bien elle qui, le matin, a pris le bras d'un jeune homme, un nouvel amoureux, sans doute ; les jeunes gens l'auront aperçu venant derrière eux, seront entrés sous une porte cochère pour se laisser devancer par lui, ce qui explique pourquoi il les a perdus de vue ; le soir, le galant est venu reprendre sa belle, et celle-ci, voulant éviter l'ancien amoureux, sera sortie avant l'heure, ou par une autre porte, la maison de la couturière ayant deux issues.

Une douleur immense l'étreint ; mais il ne maudit point l'infidèle : elle est libre, après tout, de le délaisser pour un autre qu'elle préfère. Pendant des mois elle l'a aimé, ou tout au moins lui a permis de l'aimer ; elle lui a donné un

8

bonheur qu'il n'avait jamais connu ; c'est donc une éternelle reconnaissance qu'il lui doit. Il est homme et saura se résigner à son abandon. Il se jure surtout de ne point l'obséder par de ridicules poursuites ; de ne jamais chercher à la revoir.

*
* *

Pour appeler l'oubli, Rémond s'est jeté dans un travail opiniâtre ; et l'oubli n'est point venu. Espérant guérir le mal par le mal, il s'est mis à boire, a même essayé de courir les femmes ; et l'oubli n'est point venu davantage. C'est à Héloïse qu'il rêve toujours : son souvenir l'absorbe entièrement, le distrait de toute autre préoccupation. Les autres femmes ne lui disent rien : c'est elle seule qu'il désire ; *Elle*, qu'il a possédée, et qui semble pourtant l'avoir aimé un peu, puisque librement elle s'est donnée à lui !... Il éprouve un regret immense du passé à jamais disparu, de ce temps heureux où chaque soir elle venait. Il a soif de la revoir, d'entendre le son de sa voix, le bruit de son pas ; il a soif de baiser son front, son cou, sa bouche, ses yeux,

ses mains, ses longs cheveux blonds !... Vainement il veut se raisonner ; vainement il se dit
qu'Héloïse n'est point la seule jolie femme de
Paris et qu'aucun amour n'est éternel ; il sent
que sa passion persiste, vivante et vivace de plus
en plus, si fortement enracinée qu'il ne pourra
l'arracher de son cœur...

La vie sans Héloïse lui apparaît insipide et
sans but ; c'est un fardeau gênant, dont il voudrait être débarrassé.

*
* *

Le long hiver a pris fin : les arbres du boulevard commencent à se parer de feuilles et de
fleurs nouvelles ; un gai soleil d'avril escalade
l'horizon bleu. L'air doux, la pure lumière du
matin pénètrent à flots dans l'appartement de
Rémond, par les fenêtres grandes ouvertes. Le
jeune homme est assis à sa table de travail ; il
écrit une longue lettre dans laquelle il exprime
ses dernières volontés et donne les indications
nécessaires pour que nul ne soit accusé de sa
mort. Une fois sa lettre achevée, il prend en

main un solide revolver acheté la veille; introduit six cartouches dans le barillet; puis, met le chien au cran de l'armé et appuie le canon contre sa tempe.

Toutes ses réflexions sont faites. Sa résolution est bien arrêtée. Depuis longtemps il n'a plus de famille; il ne regrette rien. Toutefois, au moment de presser la détente, une pensée vient l'arrêter : un désir indicible le prend de voir encore une fois Héloïse avant de s'endormir pour jamais. Puisqu'il va mourir, il peut bien se donner cette dernière satisfaction. Il ne lui parlera point ; se contentera de la regarder un seul instant ; et, les yeux pleins de son image, il reviendra. Ce sera un retard de trois heures, tout au plus.

Reposant l'arme sur son bureau, il sort de chez lui et se dirige vers une crèmerie-restaurant dans laquelle Héloïse vient chaque jour prendre son repas de midi.

*
**

Il arrive, choisit une place isolée, à l'extrémité de la salle, et, pour se donner une contenance, se fait servir à déjeuner.

Une très vieille femme s'occupe à préparer les tables pour les clients qui vont affluer tout à l'heure ; cette femme est de haute taille, mal accoutrée ; son buste tordu, rigide comme une barre de fer, porte un long cou aux veines saillantes, surmonté d'une tête trop petite coiffée d'un bonnet noir duquel s'échappent des touffes de cheveux d'un jaune gris. Rémond éprouve un grand dégoût à voir ses doigts ridés souiller de leur contact les assiettes blanches, les verres et les couverts immaculés. Du point qu'il occupe, il ne voit la vieille que de dos ou de profil, mais peu à peu, poursuivant sa besogne, elle approche ; finalement, elle lève la tête, lui fait face.

Le jeune homme reste pétrifié comme à l'aspect de la Gorgone ! Dans le mufle au teint de ferraille, aux joues creuses, aux yeux verdâtres, à la bouche édentée, aux lèvres pendantes et baveuses ; dans l'ensemble de ces traits repoussants et difformes, il voit Héloïse ! Héloïse, telle qu'elle sera dans quarante ans.

Longtemps il demeure immobile, ne pouvant
détacher son regard de l'horrible caricature. Il
croit que son cerveau ne fonctionne plus, et cependant un travail mystérieux s'y accomplit à
son insu.

*
* *

Un essaim de jeunes ouvrières entre gazouillant dans la crèmerie, parmi lequel se trouve
Héloïse.

— Bonjour, m'man, dit-elle à la vieille.

Puis, apercevant son ancien amoureux

— M'man, je te présente M. Louis Rémond,
un de mes meilleurs amis.

Et familièrement elle prend place à table, en-
face de lui, lui parle de sa meilleure voix. Lui,
la regarde ahuri, puis regarde sa mère. Ses
yeux vont de l'une à l'autre, et de plus en plus il
est frappé de la ressemblance entre ces deux
créatures : dans le visage de la vieille il voit la
jeune fille, et lorsqu'il veut fixer la modiste, c'est
la face de la mégère qui apparaît à son regard.

Aucune émotion ne le secoue plus auprès de

celle pour laquelle il était résolu à mourir. Il lui
semble que son cœur, hypertrophié tout à
l'heure, vient d'être piqué d'un coup de lancette
et se dégonfle peu à peu ; il éprouve comme une
sensation de vide, mais nulle souffrance ; il voudrait seulement être loin de là.

— Vous savez, monsieur Rémond, lui dit Héloïse, lorsqu'ils se séparent après le déjeuner,
mes parents se sont laissé fléchir, je ne me marie
plus.

Que lui importe, maintenant, qu'elle se marie
ou non ! son amour a cessé d'être.

Il regagne à grands pas sa demeure, entre
dans son cabinet de travail, déchire son testa-
ment, retire les cartouches du revolver, puis se
rend à ses occupations quotidiennes.

Il trouve la vie bonne, par ce beau jour de
printemps, et les jeunes femmes ou filles qu'il
croise sur son chemin lui paraissent toutes
belles.

LIMONADE A LA GROSEILLE

— Moi, dit le commandant Tastevin, je n'ai jamais désiré qu'une seule boisson dans ma vie, c'est la limonade à la groseille.

— ?...

Un peu sceptiques, nous contemplions sa face écarlate, largement épanouie.

— Ah ! vous ne croyez pas, reprit le vieux brave ; rien n'est plus vrai, cependant, il est vrai aussi que je n'en ai jamais fait abus. C'est toute une histoire, que je puis vous conter.

— Contez-nous ça, commandant, nous sommes tout oreilles.

* *

En ce temps-là, j'étais un gros mioche de campagne, bien portant, heureux de vivre, sans prétention et sans ambitions. J'avais sept ans peut-être.

Mes deux cousines, Laura et Lydie, deux demoiselles parisiennes, s'il vous plaît, vinrent en visite chez nous, à Saint-Christophle, et y séjournèrent bien deux mois. Laura avait dix-huit ans, Lydie seize ; elles allaient vêtues en semaine mieux que les *dames* du village les jours des plus grandes fêtes, et tout le monde disait qu'elles étaient jolies.

Je jubilais, de posséder chez nous ces cousines. Aucun de mes petits camarades ne pouvait se flatter d'en avoir de pareilles ; pas même ce vaniteux de Panigout, qui avait tant fait son malin, l'été d'avant, avec ses cousines de Toulon, noires comme des marmites, alors que les miennes étaient blanches comme du lait. Puis, caressantes et point fières, les deux sœurs m'embrassaient à tout instant, me donnaient des biscuits, des brioches, des massepains.

Leur présence rehaussait la considération de notre famille ; chaque soir, nous avions plein de jeunesse à la maison : les filles fréquentaient ces demoiselles pour tâcher de prendre leur bel accent français et leurs belles manières ; pour copier les modèles de leurs robes et de leurs chapeaux ; les garçons venaient pour tenir compagnie à leurs amoureuses ordinaires et s'exercer à faire un brin de cour aux Parisiennes.

Mon grand frère, qui avait dix-neuf ans, parlait beaucoup à Laura, et son ami, le grand frère de mon petit cousin Jambon, parlait à Lydie...

— Et la limonade, commandant ?

— J'y arrive, mille tonnerres ! ne m'interrompez pas.

* *

Un dimanche, mon père permit à mon frère et au cousin Jambon de mener les deux cousines jusqu'à la vieille tour de Messidan, la plus grande curiosité de la région, que les étrangers de passage ne manquent jamais de visiter. Le petit Jambonneau et moi, nous fûmes de la partie.

L'on explora les salles aux portes massives, aux voûtes colossales, les cachots, les oubliettes, les escaliers taillés dans les épaisseurs des murs ; les embrasures des canons, les meurtrières pour les fusils, etc. Sur la plus haute plate-forme, d'où l'on domine toute la contrée et où le vertige vous prend, mon frère fit valser Laura, le cousin fit valser Lydie.

Lorsque l'on eut vu tout, que l'on fut bien las, nous descendîmes à la buvette, tenue par le gardien du fort, et le grand Jambon, qui était un *luron* de premier ordre, commanda :

« Une limonade à la groseille et cinq verres. »

On nous apporta une jolie bouteille en verre blanc, avec, dedans, une espèce d'eau de couleur rose ; le bouchon était attaché au goulot par une ficelle.

Le cousin tira son couteau de sa poche, coupa tout doucement la ficelle. Quand ce fut fait, il ébranla un peu le bouchon, puis frappa trois coups, du plat de la main sous le fond de la bouteille ; l'on entendit comme un coup de pistolet, les cousines poussèrent un petit cri nerveux ; le liège sauta contre la voûte

La bouteille soufflait et bavait ; Jambon versa lestement : trois quarts de verre à chacune des demoiselles, un demi-verre à mon frère, autant pour lui, et un tiers de verre pour nous deux Jambonneau.

Jamais, dans mon village, il ne s'était rien vu de pareil ! une bouteille qui tirait des coups de fusil !... Et cette boisson rose, qui fumait sans être chauffée !... Ce n'était ni du vin rouge, ni du vin blanc, ni de l'eau-de-vie, ni sûrement de la piquette. Qu'est-ce que ce pouvait bien être, grand Dieu ! Quel goût cela pouvait-il donc avoir !...

Les grands s'empressèrent de boire, pour ne point laisser passer l'écume. Malgré ma vive impatience, j'invitai, par politesse, Jambonneau à boire premier dans notre gobelet commun ; mal m'en prit : je dus le lui arracher de la bouche, pour empêcher mon gourmand d'avaler tout. Enfin je pus déguster le peu qui me restait...

Non, jamais je n'avais éprouvé, jamais plus je n'ai ressenti depuis une sensation analogue :

c'était doux ! c'était parfumé ! c'était frais ! cela remuait, vous chatouillait agréablement la bouche et le gosier, vous picotait jusques dans l'estomac ! Je fus bien persuadé que cette liqueur venait du paradis.

Jambonneau pleurnichait et en demandait encore ; moi, j'en aurais bien voulu aussi, mais il n'y en avait plus. La bouteille coûtait dix sous ! Dix sous ne se trouvent point sous le sabot d'un cheval ! Il avait bien fallu la circonstance tout exceptionnelle de la visite des cousines de Paris pour décider nos grands frères à débourser à eux deux cette somme, tout leur avoir probablement.

Faisant contre fortune bon cœur, je rengainai mon envie et ma soif ; je me vantai chez nous, parmi les mômes, d'avoir bu de la limonade à la groseille, tant que j'avais voulu. Hélas, lorsque j'étais seul, j'en rêvais de cette boisson merveilleuse : quelles belles inventions l'on faisait dans les villes ! comme c'était bon ! délicieux ! Oh ! je me promettais d'en avoir un jour, tout mon con-

tent, lorsque je serais devenu grand et riche,
lorsque j'aurais dix sous.

Je grandis, j'atteignis mes dix-huit ans, je
pus dépenser dix sous par dimanche et même
vingt dans les grandes occasions. A mon tour
j'eus l'honneur de faire danser les filles et de les
mener rafraîchir après la danse.

Ma convoitise d'antan, toujours insatisfaite,
durait toujours à l'état latent ; mais, le grand
chic alors, consistait à se griser de bière détes-
table et fort chère ; l'on ne vendait point, à Saint-
Christophle, de limonade à la groseille. Souvent, quand je passais à Messidan, je fus tenté
d'entrer dans un café et d'en commander une
bouteille, et chaque fois je résistai à la tentation : je n'aurais pas voulu boire seul ; je pen-
sais aussi qu'avec le prix de la limonade, je
pouvais offrir trois bouteilles de vin aux amis.

Bref, je tirai au sort et je partis soldat, sans
avoir donné satisfaction à mon désir.

*
* *

Et maintenant, comme on dit en langue de théâtre, le décor change, la scène se passe dans l'extrême sud de la province d'Oran ; j'ai vingt-cinq ans, je suis sergent au 2° zouaves.

La colonne expéditionnaire, dont je fais partie, est en marche depuis l'aube.

Il doit être onze heures passées du matin, le soleil arrive au zénith, il ne chauffe plus, il grille ; il vous frise la moustache, mieux que le coup de fer du perruquier.

Les compagnies avancent un peu pêle-mêle. Au ciel, pas un nuage sur lequel le regard puisse un instant se reposer ; rien que du bleu, rien que l'aveuglante lumière et l'impitoyable soleil. Devant nous, la plaine se déroule à perte de vue, et à perte de vue pas un arbre, pas un brin d'herbe, pas une goutte d'eau ; rien que la terre grise, aride, calcinée.

Semblable en cela aux vieilles rosses, chaque jour, au moment du départ, je traîne un peu la jambe ; mais, à mesure que nous faisons des kilomètres, mes membres se dérouillent, je sens, dans tout mon être, une vigueur et des forces que je ne me soupçonnais pas, je ne crains plus la chaleur, ni la soif, ni la fatigue, je voudrais marcher toujours.

Donc, j'avance allègrement, fier de me sentir si robuste, éprouvant une âpre jouissance à traverser ainsi la fournaise sans en être incommodé et avec la certitude que je n'y laisserai point mes os. Du diable si je songe à la limonade ! A cette heure, elle ne me préoccupe pas plus que mon premier bouchon de fusil.

Le quart en fer que chaque zouave porte suspendu à son petit bidon, de temps à autre se heurte à la poignée du sabre ou au canon de la carabine, ce qui produit un cliquetis monotone, l'on dirait le tintement des sonnailles d'un troupeau. Ce bruit caresse mon oreille, me rappelle le long défilé de ces armées de bêtes à laine, émigrant des plaines de la Crau vers les montagnes du Dauphiné, quand revient la saison nouvelle...

Subitement, je n'entends plus... tout bruit

cesse... mes compagnons remuent encore les
jambes, mais sans avancer ; demeurent un instant rivés au sol, puis disparaissent... tout se
fige autour de moi, le paysage se transforme en
un bizarre panorama, immobile et mort...

Cependant, peu à peu, je distingue au loin une
caravane, qui défile perpendiculairement à notre
tête de colonne... Elle change de direction,
vient vers nous... à son approche, surgissent de
toutes parts des collines, des rivières, des lacs,
des ombrages... Sous des tonnelles en fleurs,
de ravissantes jeunes filles versent dans des
coupes de cristal un liquide parfumé, pétillant et
rose, de la LIMONADE A LA GROSEILLE !

J'ai pris place à la table verte : une des hou-
ris se trouve à ma droite, divinement blonde,
avec des yeux bleus. Sa petite main blanche se
pose sur mon front, le rafraîchit. De sa main
restée libre, elle me verse la limonade à plein
goulot... Ma coupe s'emplit, déborde, et ma
compagne verse toujours. Le liquide inonde la
table, se répand sur le sol, monte en bouillon-
nant jusqu'à mes jambes... Je saisis ma coupe

9

pour m'abreuver ; mais, à mesure que je l'élève,
la liqueur rose pétille plus fort, jaillit du cristal,
éclabousse de son écume mon visage et mes
cheveux et pas une goutte n'arrive à mes
lèvres ; et il en est de même avec toutes les
coupes dont je puis m'emparer. Alors je prends
la main qui toujours rafraîchit ma tempe, je
voudrais bien rafraîchir ma bouche à cette
main.

Mais voilà que j'entends un tintement de
cloches éloignées, un bruit de pas et de nombreuses respirations humaines... Un trou se fait
à mon délicieux paysage, par lequel j'aperçois la
plaine desséchée. La main que je tenais
m'échappe. Les belles filles blondes ont disparu. Les lacs bleus et les arbres verts s'éva-
nouissent. Je me retrouve marchant toujours
entre des files de soldats gris de poussière, ruis-
selants de sueur.

La colonne s'allonge et s'éparpille de plus en
plus ; de plus en plus tintent les quarts contre
les canons de fusils. Quelques-uns de mes compagnons, pris sans doute par une hallucination

semblable à celle que je viens de traverser, se meuvent comme des automates, la face convulsée, le regard fixe. Rien ne me reste, de la surnaturelle apparition, si ce n'est ma soif inassouvie et un désir impérieux de goûter enfin à cette boisson, si longtemps convoitée.

A Daya, où j'arrivai six semaines après, on ne vendait que des alcools, de l'absinthe, surtout. A notre retour à Tlemcen, au bout de neuf mois, j'en aurais pu avoir peut-être, de la limonade, mais ma fringale était passée.

* *

Dix ans plus tard, je me trouvais chez des amis, à la fête patronale, dans un village des environs de Marseille. Il faisait chaud ; nous entrâmes au café. Quelqu'un dit :

— Si nous buvions de la limonade à la groseille ?

— Oui, oui, buvons-en, répondis-je.

On nous apporta trois bouteilles ; mais le contenu était incolore, n'avait pas cette belle nuance rose-ardent qui depuis trente ans m'était restée dans l'œil.

J'en fis l'observation.

« C'est parce que, nous dit le cafetier, la limonade est en cave depuis fort longtemps ; elle s'est *dépouillée.* »

Il secoua la bouteille, au fond de laquelle un dépôt s'était formé, et l'eau prit une teinte rougeâtre.

Avec nous se trouvait un médecin : gravement il nous expliqua que de nos jours l'on falsifiait tout, que ce dépôt de teinture ne lui disait rien qui vaille ; que quant à lui, il se garderait bien de goûter à la limonade ; ceux qui tenaient à en boire étaient libres de le faire, et n'en mourraient probablement pas, mais attraperaient pour le moins des crampes d'estomac.

Nous fîmes remporter les bouteilles pleines.

⁎
⁎ ⁎

— De sorte, commandant, que vous n'en avez pas bu encore ?

— Si, j'en ai bu, l'été dernier, en compagnie de mon petit cousin Jambonneau, devenu vieux Jambon, et des deux fillettes à la fille de ma cousine Laura, et dans cette même buvette où, pour la première fois, j'en avais goûté un demi-siècle auparavant.

Nous venions de faire visiter aux gamines la Tour de Messidan; pour ne pas les régaler à demi, j'offris quatre bouteilles.

— Et vous-même, vous êtes-vous bien régalé?

— Pas du tout; il était trop tard; j'avais laissé trépasser mon envie. Je bus sans conviction et je trouvai le breuvage insipide; peut-être la fabrication n'est-elle pas si soignée qu'autrefois; mais, c'est mon goût, surtout, qui a eu le temps de se modifier. J'aurais mieux fait, d'ailleurs, de m'abstenir tout à fait : en buvant, je perdis une illusion, la dernière qui me restait, et j'attrapai la colique.

NE MOURONS PAS D'AMOUR

A un qui se désole.

Ceci est un des souvenirs les plus poignants de ma prime jeunesse.

J'avais douze ans. Celui de qui je vais parler en avait dix-sept : il se nommait Gratien, était domestique à la « Piverde », chétive ferme de montagne située près de notre bois des Cornerets.

En plus de la nourriture, il gagnait par an cinquante francs ; c'est dire qu'il n'était pas riche; le *granger*, son maître, ne l'était d'ailleurs guère plus que lui.

Il me semble que je le vois : pas grand, mais souple et bien bâti ; il avait les cheveux blonds, les yeux bleus, le regard doux et timide ; il s'exprimait facilement, n'avait rien du rustre.

Le jeudi, dans l'après-midi, nous n'avions pas école : mon père profitait de ce congé pour m'envoyer faire quelque commission à notre bois ; chaque fois je poussais jusqu'à la Piverde pour voir Gratien. Il possédait la *Vie d'Alexandre le Grand*, par Quinte-Curce, un livre relié en peau brune, avec tranches rouges ; deux colonnes à la page, l'une en latin, l'autre en français ; il me l'avait montré et permis de le toucher, m'avait même promis de me le prêter à lire quand je serais *grand*. Lui, l'ayant relu maintes fois, le savait presque par cœur : il m'entretenait d'Alexandre et de ses Macédoniens, me contait par le menu les batailles livrées aux Indiens et aux Perses ; me parlait du roi Darius et de sa famille, du brave roi Porus, d'Éphestion le général favori, de Roxane, la

reine, de la belle Axiane, etc., etc. Tout ce
monde m'intéressait ; j'admirais le savoir du
garçon de ferme, je m'étais fortement attaché à
lui.

*
* *

Tout à coup, mon ami, naturellement expansif et gai, devint réservé et taciturne. Je voulus
connaître la cause de ce changement : il me ré-
pondit qu'il avait des chagrins, mais qu'il ne
pouvait me les confier, parce que j'étais trop
jeune encore pour les comprendre...

*
* *

Dans la même montagne des Cornerets, à
500 mètres de la Piverde où était employé Gratien, se trouvait la ferme de « La Graille », re-
nommée de génération en génération par la
stérilité de ses terres, la vétusté de ses masures
et la maigreur de son unique paire de bœufs.
Le propriétaire et cultivateur de l'immeuble, le
père Barba, avait deux enfants : un garçon de

quatorze ans, bègue et imbécile, et une fille de dix-huit, la Clémentine, grosse boulotte, ni laide ni jolie, mais dont la fraîcheur tranchait singulièrement dans ce milieu où tout était sec, terres, bêtes et gens.

Clémentine avait pour mission de garder le troupeau de chèvres ; tout le long du jour cheminait de coteau en coteau à la remorque des capricieuses bêtes. Gratien l'avait vue, l'avait aimée, lui avait déclaré son amour ; la chevrière avait paru l'écouter avec satisfaction.

Un dimanche, dans l'après-midi, s'armant de courage, le jeune homme s'était rendu chez le père, avait demandé la main de sa bien-aimée.

La réponse de Barba fut catégorique :

— Comment, propre à rien, tu n'as ni sou ni maille de chez toi, tu gagnes cinquante francs par an tout en gros et tu oses demander la fille d'un granger ! C'est trop fort, par exemple ; je n'aurais pas cru cela de ta part. Puis, tu es un bon travailleur, je ne dis pas non, mais tu sais lire, malheureux ! et tu lis chaque dimanche au lieu de travailler ! ! Jamais je ne voudrais d'un

gendre qui lise, moi. Ma fille, je t'annonce que
je vais la marier avec Grand-Serré; il ne lit pas,
lui, il joue du violon, et dans son violon, vois-
tu, il y a de tout : il y a du pain, il y a du vin,
il y a du lard, il y a même du gigot, pour les
grandes fêtes ! Des fois, il s'est fait jusqu'à trois
francs par jour et nourri, en allant jouer aux
vogues et aux noces ; — tu ne feras jamais ça,
toi, crève-faim ! — et on vient le chercher de
partout. Tu peux donc renoncer à Clémentine,
et je te préviens qu'à partir d'aujourd'hui, si je
te prends à lui parler, je te caresserai les reins
avec ma trique.

* *

L'amoureux se retira très penaud, mais non
désespéré tout à fait : Ce Grand-Serré qu'on lui
préférait était un *vieux garçon* d'au moins vingt-
neuf ans, pas du tout favorisé de la nature, long
comme un jour sans pain, maigre et rigide
comme un échalas; ses deux bras mesuraient
deux aunes lorsqu'il les mettait en croix; avec
cela un teint couleur de vieille pipe culottée,

une bouche fendue jusqu'aux oreilles, de tout petits yeux, pas de front, un nez pareil à un concombre. Sûrement Clémentine n'allait pas vouloir de lui pour époux et tant supplierait son père qu'elle l'amènerait à une autre détermination.

Hélas ! mon pauvre camarade vit ses illusions s'évanouir les unes après les autres : chaque fois qu'il rencontrait Clémentine, celle-ci semblait le fuir ; il s'apercevait bien que ses yeux n'avaient point pleuré, que très philosophiquement elle acceptait d'abandonner son premier amoureux. Bientôt, il ne lui fut plus possible de douter de sa trahison : la nouvelle de ses fiançailles avec Grand-Serré se répandit dans le pays.

*
* *

Clémentine était à jamais perdue pour lui.

Le garçon de ferme s'informa, auprès du braconnier Melliou, de la manière de charger une arme, obtint d'un maçon-puisatier la valeur d'un plein dé à coudre de poudre de mine, se rendit

à la ville et y acheta pour deux sous de plomb
de chasse.

Un vieux fusil à pierre se rouillait inactif depuis vingt ans, au fond du grenier de la ferme.
Un beau matin il le prit, le nettoya sommairement, souffla dedans pour déboucher la lumière ; — mit une partie de sa poudre pilée au
creux du bassinet, versa le reste dans le canon,
bourra, jeta par-dessus ses grenailles . Cela fait,
il arma, appuya la crosse du fusil contre le pied
du mur et la bouche du canon contre sa poitrine,
posa la tête de la baguette sur la détente et
pressa fortement... Le chien tomba, la poudre
prit feu aux étincelles jaillies de la pierre. Le
coup partit... le jeune homme chancela sous la
secousse, mais resta debout.

Le plomb, poussé par une trop faible charge
de poudre, avait avec peine perforé la paroi de la
poitrine : les grains, éparpillés, s'étaient logés
un peu partout, dans l'estomac, dans les pou-
mons, dans le foie, dans le cœur.

Aucun médecin ne fut appelé ; il n'y en avait
point dans le pays, et d'ailleurs l'on n'aurait

pas eu de quoi le payer. C'était au moment des grandes chaleurs, la gangrène se mit aux blessures grossièrement pansées.

Le malheureux endura des souffrances horribles. Plusieurs fois je le vis : il se tordait sur sa couchette de paille ; pleurait, implorait le bon Dieu, la sainte Vierge et tous les saints ; les suppliait de ne point l'abandonner, d'abréger son martyre, leur demandait pardon d'avoir attenté à ses jours ; demandait pardon à son maître pour le préjudice qu'il lui causait, en l'abandonnant en pleine moisson. Enfin la mort le délivra le dix-septième jour.

Pendant ce temps-là, Clémentine épousait Grand-Serré !...

*
* *

Oh ! cette grosse fille, comme je me mis à la détester, à la maudire ! Je la trouvais coupable tout autant que si elle-même avait tiré le coup de fusil : je m'indignais qu'on ne l'eût point mise en prison ; j'aurais voulu, Dieu me pardonne, la voir guillotiner.

Je ne connaissais alors rien de la vie, et je
n'avais que des idées fausses en ce qui concerne
l'amour : bénévolement, je me figurais que toute
fille aimée sincèrement par un garçon devait le
payer de retour, qu'une loi de nature l'y obli-
geait. Je ne m'étais jamais fait cette objection,
bien simple, pourtant, qu'une jeune fille, simul-
tanément recherchée par plusieurs adorateurs,
serait fort embarrassée pour leur donner pleine
satisfaction à tous. Je ne comprenais point ce
que j'ai compris depuis : que nul n'a le droit
d'imposer son amour, ni d'exiger d'un autre
la fidélité, si fidèle qu'il soit lui-même, et que le
seul coupable en cette affaire, c'était mon imbécile de Gratien, pour avoir perpétré ce suicide
que personne ne lui demandait.

*
* *

Quinze ans plus tard, par un dimanche
d'août, je me trouvais en visite dans un hameau
voisin de mon village ; c'était le jour de la *vogue*,
l'on dansait.

Un violonneux, debout sur le fond du tonneau traditionnel, se démenait, secouait l'archet à tour de bras, tirait des boyaux de chat des notes de toute sorte, tapait du pied pour marquer la mesure, commandait d'une voix perçante des « cavalier seul », des « en avant deux » et des « pastourelle ». C'était Grand-Serré ; de plus en plus grand, de plus en plus *serré*, je veux dire de plus en plus maigre. Une fois le quadrille achevé, celle qui fut Clémentine fit le tour de la société, pour percevoir de chaque cavalier un sou, prix de la danse. La grassouillette fille d'autrefois, devenue commère à face rougeaude, à taille déformée, à grosses mamelles faisant craquer le corsage disgracieux, traînait, accrochés à ses jupons, cinq ou six mômes pleurards et morveux. J'appris qu'en dix ans, elle avait donné quatorze rejetons à son mari.

Tout en contemplant la prolifique maritorne et sa lignée, je me suis rappelé l'adolescent qui dormait dans la tombe :

« Pauvre Gratien », ai-je pensé, « si de ton vivant l'on avait pu, par anticipation, te montrer

ton idole telle qu'elle est en ce jour, tu te serais
tué quand même ; mais pour le motif contraire
à celui qui guida ton bras ! La perspective de
traîner un jour ce boulet t'aurait fait préférer
la mort à la vie ! »

Et depuis, je répète au novice qui me confie
ses peines de cœur :

« Aucun amour n'est éternel ; c'est un mal
dont on guérit vite. La jeunesse et la beauté
passent comme une aurore. Telle femme adorée aujourd'hui vous paraîtra insupportable
avant qu'il soit peu. Toutes les maîtresses se
valent, et nous donnent en somme plus de déboires que de bonheur, et la meilleure est celle
que nous n'avons pas eue encore, celle que nous
aurons demain. Donc, sachons attendre, ne
mourons pas d'amour. »

VIRETTE

C'est aujourd'hui dimanche et nous sommes
au mois de mai.

Il est cinq heures du matin : le soleil vient de
se lever et monte dans un ciel sans nuages ; l'air
doux est imprégné de printanières senteurs ; les
arbres du boulevard dressent leur tête nouvellement reverdie ; la grande ville s'éveille ; les rues
désertes tout à l'heure se peuplent, renaissent
au bruit et au mouvement quotidien.

**

Dans son atelier, au cinquième étage d'une

10

maison de la rue de Rennes, le graveur Maurice Deschamps est déjà debout. Installé devant la plaque de cuivre, il reprend l'œuvre interrompue la veille, et pendant que sa main pousse l'échoppe, il songe. Il se revoit au temps où, petit garçon, il gardait ses chèvres, dans la montagne, tout en fouillant de la pointe de son couteau des planchettes de buis, sur lesquelles il gravait toute sorte de figures. Un jour, un homme riche et de goûts artistiques était venu dans son village ; on lui avait présenté cet enfant qui savait faire des images sans avoir appris, et l'homme s'était tout de suite intéressé à lui, l'avait appelé à Paris et placé sous la direction de maîtres habiles. L'ancien chevrier, brillant élève de l'École des Beaux-Arts, puis prix de Rome, est devenu maître à son tour.

Il compte trente ans à peine et déjà la célébrité s'est attachée à son nom, la fortune lui a souri. Pourtant, Maurice Deschamps n'est pas heureux : entièrement absorbé par ses travaux, il n'a jamais connu aucune des distractions de son âge ; il vit loin de sa famille ; seul, privé des

plus intimes affections. Depuis que lui est venu
le succès incontesté, on lui a parlé de brillants
mariages, et il a fait la sourde oreille : cet artiste à la mode, à qui tous les salons sont ou-
verts, a gardé la naïve modestie de sa prime
jeunesse; il se trouve dépaysé auprès des jeunes
filles du monde qu'on lui propose pour épouses.
Il n'a pas aimé encore; et il voit avec regret
s'envoler sa jeunesse; il pense que bientôt il
sera trop tard; il pourra aimer, peut-être; mais
sans espérance d'être payé de retour; il sera
vieux sans avoir vécu.

*
* *

Elvire est une jeune fille de dix-sept ans,
grande gamine maigriotte, à l'allure de garçon.
Elle a une figure mignonne et gracieuse, de
longs cheveux blond foncé, des dents magnifiques, de jolis yeux bruns au regard bon.

Elle est employée, moitié bonne, moitié trot-
tin, dans la papeterie-librairie du boulevard
Montparnasse, porte à domicile les journaux et

menues commandes faites chez ses patrons. Ses
fonctions sont des plus humbles, mais elle a su
les relever : son caractère est si égal, elle a un
air si doux, si honnête ; elle est si *gentille*, en
un mot, que tout le monde la chérit et lui fait
fête ; les hommes d'âge mûr l'appellent familièrement *petite Virette*, les jeunes gens lui disent
mademoiselle Elvire. Nul n'est connu autant
qu'elle dans le quartier : pendant toute la matinée on la voit arpenter les rues en tous sens,
escortée de son chien Taki, un loulou espiègle
qui monte devant elle dans les maisons, gratte
aux portes pour se faire ouvrir, assiste très digne
à la remise de la feuille imprimée, semble veil-
ler sur sa jeune maîtresse.

*
* *

Notre graveur est un des clients de Virette ;
tous les jours elle lui apporte ses journaux. Parfois, ils font ensemble un brin de causette, dans
l'entre-bâillement de la porte, sous l'œil vigi-
lant de Taki ; la jeune fille a raconté à Maurice
son histoire peu compliquée : orpheline à sept

ans, elle a été recueillie par son oncle et sa
tante, les Grandin, établis jardiniers à Chaville.
Les braves gens l'aiment beaucoup ; seulement,
comme ils ne sont pas riches et ont, eux-mêmes,
une fille, la petite Thérèse, ils ont dû placer leur
nièce en service sitôt qu'elle a pu travailler. Depuis trois ans qu'Elvire est à Paris, elle occupe
toujours sa même place. Elle ne se plaint pas de
ses patrons, bien au contraire, n'en finit pas de
faire leur éloge. Elle ne se préoccupe nullement
de l'avenir, n'a aucune ambition en tête ; au jour
le jour elle se laisse vivre, semblable à l'oiseau
qui, pendant toute la belle saison, gazouille, in-
conscient et joyeux.

L'artiste se sent plus d'ardeur à la besogne,
quand il a pu causer un instant avec Virette ;
de son côté, la jeune porteuse de journaux affectionne « monsieur Maurice » ; même, dans son
for intérieur, elle le plaint d'avoir à gratter,
sans relâche, sa plaque de cuivre, pense que ce
doit être bien fastidieux pour ce *pauvre garçon*.

*
* *

Donc, ce matin-là, Maurice Deschamps tra-

vaille d'une main distraite, laisse vagabonder
sa pensée. Vers les sept heures, il entend un
bruit bien connu, la patte du chien grattant la
porte ; aussitôt après, un léger coup de sonnette
retentit ; il se lève et s'empresse d'ouvrir : sur
le carré, Taki se trémousse et jappe d'un air
affairé, sa maîtresse est rouge comme une
cerise.

— Bonjour, monsieur Maurice.

— Bonjour, petite Virette.

— Il fait beau aujourd'hui, n'est-ce pas,
monsieur Maurice ? j'ai de la chance, c'est mon
jour de sortie. Je vais aller à Chaville, chez ma
tante. Avec ma cousine Thérèse, nous nous
promènerons tout l'après-midi dans le bois.
Elle est bien gentille, ma cousine, et déjà
grande, quinze ans ; l'on peut maintenant sortir
avec elle. Et j'emmène Taki ; j'ai la permission
de ma patronne. Cela lui fera du bien, à ce
pauvre mignon qui n'a jamais quitté Paris, de
respirer un peu le bon air. Pas vrai, Taki ?

Le loulou se dresse sur les pattes de derrière,

donne deux ou trois coups de gueule en signe d'approbation et de contentement.

— Et vous, monsieur Deschamps, allez-vous rester enfermé comme cela toute la journée, par un si beau temps?

— Hélas! oui, mademoiselle Virette, je compte travailler jusqu'au soir.

— Quel dommage! c'est si bon, la campagne.

La jeune fille redescend prestement l'escalier, heureuse de sa prochaine promenade et attristée cependant à l'idée de ce pauvre monsieur Maurice qui n'a pas, comme elle, des parents à la campagne, pour aller y passer son dimanche.

*
* *

Resté seul, le graveur pousse fiévreusement le burin. Il a, de moins en moins, l'esprit à sa besogne.

A onze heures, il descend au restaurant et n'y trouve aucun de ses commensaux habituels; par ce beau soleil, tous sont allés aux champs. Il prend tristement son repas, dans le grand cabinet si bruyant d'ordinaire, silencieux aujourd'hui. Après le déjeuner, il ne se sent pas le courage de rentrer dans son atelier ; il s'achemine machinalement le long de la rue de Rennes, vers Saint-Germain-des-Prés.

Ce quartier familier, qu'il affectionne, lui semble, pour l'instant, morne et banal.

La petite marchande de journaux aurait-elle, par hasard, emporté avec elle l'âme du grand Paris !...

Brusquement l'artiste fait demi-tour, marche à grands pas, arrive à la gare Montparnasse, demande un billet pour Chaville.

Pourquoi Chaville ?... Aurait-il l'arrière-pensée d'y rencontrer Virette ! Assurément non ; il sait bien que, dans la foule des promeneurs, ce serait un miracle de la trouver ; d'ailleurs, il n'a aucune communication à lui faire et ne désire point la voir. C'est une lubie inconsciente qui vient de lui prendre : depuis longtemps il connaît Chaville, et ne l'aime guère, surtout le dimanche, à cause de l'encombrement, et voilà que, subitement, il se sent une envie démesurée

d'aller y passer son dimanche; le nom de Chaville résonne dans son oreille avec je ne sais
quoi de caressant et de doux, ce pays se retrace
dans sa pensée sous un aspect merveilleux; il
a soif de revoir les champs ensemencés, les
étangs, le village; de courir dans les bois, de se
mêler à la foule; il lui semble qu'il n'arrivera
jamais.

Chaville, — Chaville, — Ch'ville...
Maurice saute à bas du wagon, passe la bar-
rière. A peine a-t-il fait dix mètres sur la côte
descendant au village qu'il rencontre Taki. Le
loulou lui barre le chemin, aboie de toutes ses
forces : heureux sans doute de rencontrer une
figure de connaissance dans ce pays étranger,
il fête l'artiste comme jamais il ne l'a fêté; lui
prodigue des caresses réservées d'ordinaire
uniquement pour sa jeune maîtresse; lui fait
l'honneur de décrotter ses pattes au devant de

son gilet; saute jusqu'à sa figure pour le
lécher.

Le jeune homme a tressailli. Il cherche des
yeux, s'attendant à voir paraître la porteuse de
journaux avec la cousine Thérèse; mais il a
beau regarder de tous côtés, pas de Virette. Il se
dit alors que le chien s'est égaré, et se demande
s'il doit se mettre immédiatement à la recherche
de sa maîtresse pour la tirer d'inquiétude ou
simplement lui ramener le loulou le soir en
rentrant à Paris. M. Taki ne le laisse pas longtemps réfléchir; il redouble ses aboiements,
mord le bas de son pantalon, lui commande de
le suivre. L'homme obéit au chien; guidé par
lui, il passe sous le pont, arrive à la gare, côté
du départ : il voit Elvire, toute seule dans la
salle d'attente.

La jeune fille a mis sa plus belle toilette! Un
costume à fond bleu clair, à fleurettes blanches
et rouges, en étoffe à bas prix mais de bonne
coupe, dessine gracieusement ses formes
encore un peu frêles; sous un coquet chapeau
de paille blanc garni de myosotis, s'épanouis-

sent ses joues roses, ses jolies lèvres, ses grands
yeux doux. Ainsi parée elle est charmante,
réellement.

— Comment! c'est vous, monsieur Maurice ?
Vous êtes venu à Chaville ?

— Hé oui, mademoiselle, j'ai eu la fantaisie
de venir, moi aussi , prendre un peu l'air. Mais
comment donc se fait-il, ma petite Elvire, que
je vous trouve toute seule, sans la cousine Thérèse ?

— Ne m'en parlez pas, monsieur Maurice, je
n'ai pas de chance, allez ; je n'avais point prévenu mes parents de mon arrivée, et je n'ai
trouvé personne chez eux ; une voisine m'a
appris qu'ils sont partis ce matin pour Montfort-
l'Amaury et ne doivent pas rentrer avant demain ;
alors je m'en retourne à Paris.

— Pauvre Virette !

— Oh! oui, monsieur Maurice, je me suis pas
heureuse ; je m'étais fait une si grande fête de
venir ; et ce pauvre Taki sera, lui aussi, privé
de sa promenade. C'est ma faute, je sais bien,
j'aurais dû prévenir. Ce sera pour le mois pro-

chain s'il fait encore beau, et cette fois j'écrirai
à mon oncle.

Ainsi parle la mignonne. Le jeune homme
l'écoute, distrait ; une pensée lui est venue qu'il
hésite à exprimer ; pourtant il dit :

— Il y aurait un moyen, mademoiselle, de ne
pas perdre complètement votre après-midi... Au
lieu de prendre le train à Chaville, vous pouvez
aller le prendre à Sèvres. En passant à travers
bois, c'est une très jolie promenade à faire, qui
plairait beaucoup à Taki ; et comme je connais
les chemins, je m'offre à vous servir de guide,
si toutefois vous voulez bien me le permettre,
mademoiselle Elvire.

— Je vous remercie beaucoup, monsieur Maurice, vous êtes bien bon ; mais je ne veux pas
abuser et vous déranger de votre excursion.

— Je n'avais aucun projet arrêté, mademoiselle ; je ferai ma promenade en votre compagnie et celle de Taki, et ce sera pour moi un
très grand plaisir.

— Hé bien, monsieur Maurice, si cela ne vous
ennuie pas de venir avec nous, j'accepte.

* * *

Les jeunes gens se mettent en route avec Taki, lequel ne se tient plus de contentement, va, vient, les devance, les entoure, fouille les bois, aboie aux promeneurs, s'arrête de temps à autre pour flirter un brin ou lever la patte contre un talus, puis revient gambader auprès d'eux.

Quand ils ont fait cent mètres, le jeune homme dit :

— Voulez-vous prendre mon bras, mademoiselle Elvire ?

— Oh non, merci bien, monsieur Maurice, cela vous fatiguerait ; puis, je ne suis pas assez bien habillée pour vous.

— En voilà une idée, pas assez bien habillée ! mais vous êtes fort bien ainsi, mademoiselle. Allons, vite, votre petite main, là, sur mon bras gauche.

Et ils continuent la marche, sans se presser :

Elvire un peu intimidée, cependant toute fière de se voir pour la première fois de sa vie au bras d'un cavalier; Maurice fier également de sa très gracieuse compagne. Ils causent; l'artiste s'aperçoit qu'il n'est point nécessaire qu'une jeune fille soit pourvue de diplômes universitaires pour être agréable dans la conversation; tout ce que dit Virette lui plaît, il éprouve un bonheur extrême à l'entendre; le timbre même de sa voix a quelque chose de naïf et de touchant qui va au cœur.

A mesure qu'ils s'éloignent de Chaville, les promeneurs se font rares.

Ils arrivent au sommet d'une colline élevée, et viennent s'asseoir à l'ombre d'un hêtre. Ils sont seuls... Sous leurs yeux se déroule un panorama merveilleux : les bois verts, les villages blancs, les villas, les bosquets en fleurs, le ruban bleu de la Seine; et, dans le lointain, le gigantesque Paris, étendant à perte de vue les toits bruns ou roses de ses maisons et de ses monuments; ses flèches, ses tours, ses colonnes, ses chapiteaux et ses dômes. Un instant, nos amis

contemplent silencieux ce spectacle, puis re-
prennent leur causerie.

Virette babille, est heureuse de plus en plus
de se trouver avec Maurice qu'elle aime peut-
être sans s'en rendre compte. Le jeune homme,
lui, aime Elvire, il le sent bien au battement pré-
cipité de son cœur ; il prend dans ses mains la
main mignonne de la jeune fille, se penche vers
elle pour boire sa parole et son souffle au sortir
de ses lèvres ; aspire avec délices le parfum de
ses cheveux ; mille fois il est sur le point de lui
déclarer son amour, de saisir à deux mains sa
jolie tête, de couvrir de baisers son front, son
cou, sa bouche, ses yeux ; mais il se dit que ce
serait chose indigne de ne point respecter cette
enfant, qui naïvement s'est confiée à lui, et il
contient ses transports ; une fois, seulement,
ses lèvres effleurent son front, sans qu'elle y
prenne garde.

*
* *

Lorsque le soleil eut disparu à l'horizon, les
deux jeunes gens prirent le train pour Paris.

Ils se séparèrent à la gare Montparnasse. Elvire rentra chez ses patrons, fort satisfaite de sa promenade, encore plus, assurément, que si elle eût le matin rencontré sa cousine Thérèse. L'artiste se promena longtemps tout seul sur le boulevard, et, mentalement, il monologuait : « Pourquoi pas elle aussi bien qu'une autre ?... N'est-elle pas pure, tout autant que la jeune fille élevée au sein de sa famille ou dans un couvent ?... Elle n'a guère d'instruction ? — Tant mieux, cela me permettra de l'instruire moi-même, de façonner à mon gré son esprit et son cœur... Elle n'a pas de dot ? — Elle m'en aimera davantage, me devant tout ; je travaillerai un peu plus, et cela fera le compte... Elle appartient à une famille de pauvres ouvriers sans importance ? — Eh! que suis-je moi-même! Que furent mes aïeux! »

Maurice a épousé Virette et n'a pas lieu de s'en repentir.

LA « MARÉCHALE »

ÉPISODE DU TEMPS DES PERSÉCUTIONS RELIGIEUSES

Cette année encore, j'ai visité Beaufort-sur-Gervanne, le pittoresque village dauphinois où ont vécu mes ancêtres : j'ai revu leur antique maison, aux murs de trois pieds d'épaisseur, qui subsiste toujours. Une bonne vieille m'a conté l'histoire de Louise Moulin, la *Maréchale*, que je connaissais déjà, que l'on se transmet dans ma famille de génération en génération et qu'une fois pour toutes je veux fixer.

11

*
* *

Louis XIV, croyant à la possibilité d'établir
en France l'Unité religieuse et cédant aux inci-
tations réitérées de son entourage, avait pro-
noncé la révocation de l'Edit de Nantes, en 1685.
L'on connaît les conséquences de cette décision
du Grand Roi : des centaines de milliers de protestants s'expatrièrent à la suite de leurs pas-
teurs bannis, emportèrent à l'étranger leur ri-
chesse, leur activité, les secrets de nos arts et
de nos industries.

Les mesures les plus sévères furent édictées,
pour empêcher le dépeuplement du royaume ;
l'on confisquait les biens des émigrés ; l'on gardait soigneusement les frontières, et les fugitifs
qui se laissaient prendre étaient condamnés aux
galères ; l'on frappait des mêmes peines et parfois de la peine de mort les personnes convain-
cues d'avoir favorisé des évasions. L'émigration
se continua, malgré la répression impitoyable,

et le Dauphiné, grâce aux sentiers escarpés de ses montagnes, à sa proximité de la Savoie et de la Suisse, lui fournit un fort contingent.

Les huguenots restés en France eurent à subir de rudes épreuves : pour les ramener dans le giron de l'Eglise romaine, on détruisait leurs temples; on leur interdisait de s'assembler pour prier. On leur enlevait leurs enfants que l'on faisait élever dans les couvents sous la surveillance des évêques ; l'on envoyait des moines missionnaires opérer des conversions à domicile et les maisons des *religionnaires* récalcitrants étaient occupées par des soldats, des « dragons », chargés de prêter main-forte aux convertisseurs.

Ces persécutions n'aboutirent qu'à fortifier davantage les *Réformés* dans leur foi religieuse; ils continuèrent à lire la Bible et à prier en se cachant. Ils se réunirent pour célébrer « l'office divin » dans des endroits écartés, au sommet des montagnes ou au fond des forêts. Ces réunions, connues sous le nom d' « *Assemblées* du désert », furent particulièrement fréquentes en Dauphiné.

* *

Au mois de novembre 1687, Louise Moulin de Beaufort, dite « la Maréchale », fut condamnée, après un emprisonnement de quinze jours à la Tour de Crest, à être pendue, pour avoir assisté à une Assemblée de cinq à six mille personnes, tenue à Lozéron.

Pourquoi, sur ces cinq à six mille personnes, parmi lesquelles l'on comptait plusieurs hommes considérables de la région, Louise Moulin fut-elle seule prise pour servir *d'exemple*, de *victime* expiatoire ? Faut-il attribuer ce choix à la lâcheté coutumière des tyrans qui les dispose à frapper de préférence les plus humbles têtes ? — Peut-être non : cette femme du peuple avait l'âme fortement trempée ; son surnom de « Maréchale » lui avait été donné à cause de l'ascendant qu'elle exerçait autour d'elle ; elle possédait au plus haut degré la *Foi*, qui fait les héros, les apôtres et les martyrs. En un mot, elle *comp-tait* dans le parti huguenot.

Son procès ne fut ni long ni compliqué : loin de nier les faits dont on l'accusait, elle se fit gloire de ses croyances et sans sourciller elle entendit prononcer la sentence de mort.

L'exécution eut lieu à Beaufort, devant la porte de la maison de la « Maréchale. »

En arrivant au pied de la potence, Louise demanda d'embrasser une dernière fois son enfant, un petit garçon encore à la mamelle. Cette grâce lui fut accordée, on lui apporta le petit être. Elle le prit dans ses bras laissés libres et eut le courage de lui donner le sein ; après quoi, elle monta résolument à l'échelle et se livra au bourreau.

Une nièce de la Maréchale, âgée de dix-sept ans, avait été placée, la corde au cou, à deux pas de l'échafaud. L'on espérait obtenir son abjuration en la faisant assister à l'effrayant spectacle. Inutile cruauté ! la jeune fille se déclara prête à mourir comme sa tante, plutôt que de renier sa foi. Elle fut cependant épargnée.

*
* *

Le supplice de Louise Moulin ne profita nullement à la cause des persécuteurs. Actuellement, encore, Beaufort est peut-être le village de la Drôme qui compte le plus de protestants, eu égard au nombre de ses habitants. Les descendants de la Maréchale, surtout, tinrent à honneur de rester fidèles à cette religion pour laquelle leur aïeule avait donné sa vie. Pendant un siècle et demi ils ne quittèrent point leurs montagnes; les garçons de la famille n'épousèrent jamais que des protestantes et l'on ne donna les filles qu'à des protestants.

Aujourd'hui que, persécuteurs et victimes dorment depuis tant d'années le dernier sommeil, les haines religieuses sont bien éteintes de part et d'autre. *Maudit soit quiconque chercherait à les rallumer ! ! !* Le fanatisme a fait place à la tolérance ; *parpaillots* et *papistes* ne sont plus que des citoyens français. Nous avons

aussi perdu la foi robuste qui animait nos pères;
les questions de dogme et de doctrine ne nous
inspirent qu'un médiocre intérêt. Est-ce un
bien?... Est-ce un mal?... je n'ai pas à me
prononcer à ce sujet.

Certes, je suis de mon époque : j'appartiens,
je l'avoue, à la grande masse des sceptiques et
des indifférents. Et pourtant, lorsque, comme
aujourd'hui, ma pensée me transporte à deux
siècles dans le passé ; lorsque je me figure
cette héroïque paysanne allaitant au pied du
gibet son enfant qui fut un de mes aïeux, e
sens, dans ma poitrine, battre le cœur d'un
Huguenot.

LE PÈRE AUX SERPENTS

Une voix d'enfant :

— Quelle heure est-il, père ?

Une voix enrouée, caverneuse, la voix d'une machine de bronze qui parlerait, avec, pourtant, je ne sais quoi de naïf et de doux dans l'intonation :

— C'est l'heure que la mère l'a dit.

Puis, un bruit de pas et un bruit de roues sur le pavé.

Je me mets à la fenêtre et j'aperçois, passant devant la maison, un singulier attelage : une échelle,

simulant le brancard d'une charrette, est fixée
sur un essieu, lequel est supporté à ses extré-
mités par deux roues pleines, semblables à deux
meules de moulin de petite dimension. Sur le
véhicule s'élève une montagne de buissons,
charge volumineuse, mais peu lourde. Dans les
limons, une manière de fantôme est attelé ; un
homme, probablement, car il marche sur deux
pieds ; trois ou quatre mètres en avant de lui,
attelé en flèche, chemine tranquillement un maître bourricot.

Comme l'on arrive à une côte assez raide, le
limonier, s'arc-boutant sur ses pieds nus, tire
de toutes ses forces, entonne un chant inarti-
culé, série de sons gutturaux, mélopée sac-
cadée, rappelant, malgré ses contretemps, la
sonnerie de la charge ; sans s'émouvoir, l'âne
se met à braire pour faire l'accompagnement.
Une fois la montée gravie, la bête interrompt sa
chanson, l'homme continue la sienne sur un
rythme plus lent ; peu à peu, le bruit se perd, en
s'éloignant, vers les ruelles du haut quartier.

*
* *

Depuis trois jours que j'étais en villégiature chez ce brave Léon Tournigas, mon vieil ami de lycée, dans cette petite ville de Moustier-le-Cornu, isolée du reste de l'univers, au milieu d'un enchevêtement de montagnes, j'avais déjà vu pas mal de choses intéressantes : les ruines romaines, le pont du Roubian, la grotte de Saint-Jaumes, les sources d'eaux chaudes, les manufactures de fine poterie, le Castelraz, etc. ; mais rien n'avait autant piqué ma curiosité que cet étrange équipage, et j'attendis avec impatience l'heure du dîner pour demander des explications à mon hôte.

Sans me laisser achever ma question, Tournigas me coupa la parole : « J'y suis, j'y suis, me dit-il, tu viens de voir passer le *Père aux Serpents* ; c'est un *innocent*, mais un type assez curieux tout de même. Si tu veux, demain, te lever à cinq heures, nous passerons la journée avec lui, et je te ferai faire sa connaissance. »

*
* *

Le lendemain, à l'heure dite, j'étais prêt. Léon vint me prendre et nous descendîmes devant la maison.

L'équipage ne tarda pas à paraître, mais point attelé dans le même ordre que la veille, l'âne était aux limons ; son maître tirait en flèche. J'examinai longuement ce dernier. Il eût été difficile de lui attribuer un âge, d'une façon même approximative ; il pouvait avoir de quarante à soixante-cinq ans, était de haute taille, bien charpenté ; paraissait solide, malgré son extrême maigreur. L'on voyait peu de chose de son visage, envahi par une broussailleuse forêt de poils ; le nez était gros, le front assez large, l'œil sans expression ; une tignasse rude et noire, tombant de sa tête jusqu'au bas de ses reins, venait se joindre à la barbe, également noire et inculte et atteignant presque les genoux. Le fou avait pour tout vêtement un pantalon et une veste, s'en allait nu-pieds et tête nue. De la veste, cachée sous les poils des cheveux et de la barbe, l'on ne voyait que les manches, rapiécées en maint endroit avec des morceaux d'étoffe de toutes couleurs, rouges, verts, jaunes, bleus, même avec des bouts de carton et des plaques de fer-blanc. Le pantalon était dans le même état que la veste.

Quelques mioches matineux, déjà par les rues, se jetaient dans les jambes du Père aux Serpents, lui demandaient : « Quelle heure est-il, père? » et, à tous, il faisait invariablement la même réponse : « C'est l'heure que la mère l'a dit. »

Nous suivîmes à quelque distance, derrière le charreton.

En arrivant devant le cimetière, l'Innocent baissa la tête, sembla un instant marcher à quatre pattes, tellement il était courbé. Aussitôt après avoir dépassé l'asile des morts, il se redressa, parut vivre d'une vie plus intense, et fit entendre sa mélopée monotone dans laquelle il il y avait de tout, des cris de pitié et des hurlements de colère; des notes d'allégresse et des sanglots. Il tenait en main un bâton au bout duquel était fixée une cordelette, et de temps en temps, pour accélérer son allure, il se cinglait les jambes d'un coup de ce fouet primitif; quant à son âne, il ne le touchait jamais.

*
* *

Léon Tournigas me raconta l'histoire du malheureux : « Il y a, me dit-il, une trentaine d'années; c'était avant ma naissance; le fou se nommait Pierre Jullian, était alors un garçon de vingt ans, honnête, laborieux et rangé. Exempt, comme fils de veuve, du service militaire, il voulait se marier et *fréquentait* dans ce but la Victorine Comtois, une jeune fille de « la Cabrette », le hameau que l'on aperçoit en avant de nous au flanc de la montagne, et qui se trouve à deux lieues de Moustier.

» Les jeunes gens s'étaient juré l'un à l'autre de s'épouser; mais les parents de la fille possédaient une maisonnette et sept à huit *sétérées* de terre : ils repoussèrent la demande de Pierre,

qui n'avait pas un sou. La marraine de l'amoureux intervint, promit une dot de quarante écus,
plus un tonneau de vin, ce qui changea la face
des choses; Pierre Jullian fut agréé; on fixa
l'époque du mariage. Malheureusement, la marraine mourut sur ces entrefaites, et ses héritiers
ne se soucièrent point de tenir la promesse verbale faite par elle à son filleul; le fiancé fut définitivement congédié par les parents de sa *prétendue*.

» Le pauvre garçon en fit une maladie, qui
mit ses jours en danger. Comme il commençait
à se remettre, un visiteur imprudent, se figurant
peut-être le guérir de son amour, lui annonça
le mariage de Victorine avec un jeune homme
de « la Bégude », qui apportait cent écus de
dot. La noce devait avoir lieu le lendemain.

» Le malade ne parut point trop affecté en
apprenant cette nouvelle; seulement, vers la fin
de la journée, profitant d'un instant où on l'avait
laissé seul, il se leva, et, malgré son extrême
faiblesse, se traîna jusqu'à la Cabrette. À la
porte de la ferme des Comtois, il trouva les deux

frères de Victorine et un de leurs cousins. Ces trois garçons se jetèrent sur lui, le dépouillèrent, l'attachèrent à un pommier, le rouèrent de coups et le laissèrent là.

» Pendant la soirée, le malheureux, muet et ligotté, put voir, par un beau clair de lune, son ancienne promise au bras de son rival; il l'entendit, suprême crève-cœur! répéter à un autre les mêmes serments qu'il avait reçus d'elle; les deux futurs, ignorant sa présence, avaient, par hasard, dirigé leur promenade de ce côté; ils arrivèrent tout près de lui sans le remarquer, et, se croyant bien seuls, ne se gênèrent point pour échanger leurs paroles d'amour et leurs baisers.

» A l'aube, des charretiers qui rentraient à Moustier-le-Cornu trouvèrent Pierre Jullian évanoui et maintenu par ses cordes, debout contre le tronc du pommier; ils le délièrent et le portèrent à sa mère sans pouvoir le ranimer.

» Pendant des mois il resta entre la vie et la mort; finalement, sa jeunesse et sa constitution robuste prirent le dessus : la santé lui revint;

mais il avait perdu la raison et la parole. Le premier jour qu'il put se lever il se sauva dans les champs et mangea de l'herbe ; en rentrant, il se coucha auprès de son âne, dans l'écurie.

» Depuis lors, son existence a peu varié : il ne mange que de l'herbe ou des légumes crus, et s'abreuve d'eau pure. Il est très doux. Les hommes lui sont indifférents, mais il paraît s'intéresser aux tout petits : à ceux d'entre eux qui lui demandent l'heure, il répond les quelques paroles que tu as entendues : c'est à peu près tout son vocabulaire. Il affectionne les bêtes, parle aux serpents qui pullulent dans nos montagnes, les appelle ses enfants, ce qui lui a valu son surnom ; il les prend dans ses mains, les baise, les réchauffe dans son sein, et ces animaux, presque tous, d'ailleurs, de la race inoffensive des couleuvres, ne lui ont jamais fait de mal.

» Il adore surtout son âne, se garde bien de le fatiguer, l'entoure de soins assidus, partage avec lui ses repas et son lit. Le premier qu'il eut est mort de vieillesse, il y a une dizaine d'années : il le pleura et l'enterra, dans un endroit solitaire. Notre maire, touché de son chagrin, lui en donna un autre, qu'il s'est pris à l'aimer, comme il aimait le premier. Tous les matins ils partent tous deux ensemble et vont passer leur journée dans les bois, comme deux bêtes qu'ils sont, broutant, de-ci de-là, quelque chardon ou quelque brin d'herbe. Le Père aux Serpents arrache des quantités de ces plantes épineuses appelées « buissons de rat », qui croissent dans les friches, se couvrent au printemps de fleurettes jaunes, n'ont presque pas de sève et brûlent en toute saison. Chaque soir ils en emportent une charge à leur domicile; et, pendant une partie de la nuit, l'Innocent fait du feu. »

*\
* *

Nous étions arrivés au hameau de la Cabrette. A la façade d'une maison écartée, nous aperçûmes, suspendue près de la porte, une branche de pin, enseigne d'un débit de boissons. Nous entrâmes dans la pièce du rez-de-chaussée; l'on nous servit une salade de poivrons, des œufs à la vinaigrette, un fromage de chèvre, un pain, deux bouteilles de vin du pays, et nous déjeunâmes de bon appétit.

La cabaretière était une grande paysanne aux cheveux grisonnants, aux traits accentués, à la taille rigide.

— Regarde cette femme, me dit Tournigas ; elle n'est autre que la Victorine Comtois, l'ancienne fiancée de Pierre Jullian. Cela t'étonne qu'une telle créature ait jamais pu rendre un homme fou d'amour ? Il faut en effet un effort d'imagination pour se figurer qu'au temps jadis, elle a été jeune et même, paraît-il, très jolie.

*
* *

Après le déjeuner, nous poursuivîmes notre excursion. Au sommet d'un coteau nous trouvâmes la charrette à demi chargée.

L'âne, dételé, broutait mélancoliquement de maigres pousses ; son maître n'était point là. Comme nous le cherchions des yeux, nous entendîmes des sifflements particuliers, bien connus de ceux qui ont vécu dans nos pays du midi de la France : « le chant du serpent ». Les sifflements étaient nombreux et paraissaient appartenir à des bêtes de forte taille; ils partaient d'un *charoux* (1), situé à notre droite au bord d'un précipice et au centre duquel émergeait une luxuriante frondaison de plantes épineuses et grimpantes de toute essence : ronciers, aubépins, prunelliers, églantiers, viornes, micocouliers, etc.

Dans l'inextricable fouillis, se produisit un remuement de pierraille; les branches des touffes s'agitèrent comme sur le passage d'une bête fauve ou de quelque reptile démesuré, nous entendîmes une voix humaine qui disait : « Mes enfants! Mes petits, mes pauvres petits en-

(1) L'on appelle charoux ces grands amas de cailloux provenant de l'épierrement séculaire des champs cultivés. Les bonnes terres de la plaine étant, sous l'ancien régime, propriété des seigneurs, les vilains étaient réduits à faire pousser leurs maigres récoltes sur les plateaux arides, et c'est ce qui explique la présence de charoux presque au sommet des montagnes, au milieu de terrains restés en friche depuis cent ans.

fants. » Et nous aperçûmes un dos, une tignasse
brune ; le fou, rampant sous les buissons, à travers les épines, venait vers nous. Trois ou
quatre serpents de la grosseur du bras et d'autres
plus petits lui faisaient cortège, se dressaient
devant lui, *faisant les beaux* pour mendier ses
caresses, s'enroulaient autour de sa taille et de
son cou. Ils arrivèrent ainsi jusqu'à l'extrême
limite du charoux, mais, nous ayant aperçus, ils
retournèrent vivement vers leurs repaires.

Pierre Jullian se mit à brouter auprès de son
âne, sans se préoccuper de nous.

* *

Le soir, nous visitâmes le Père aux Serpents
chez lui. Il habitait le haut quartier, une grotte
creusée dans la masse au flanc du coteau qui domine le bourg. A l'entrée de sa demeure étaient
amoncelées de grandes provisions de buissons.
Nous le trouvâmes en compagnie de son âne,
occupé à faire du feu, au milieu de l'unique pièce
de son appartement ; tous deux semblaient

prendre un très grand plaisir à se chauffer, et à contempler la flamme vive et pétillante des buissons de rat; la fumée s'accumulait en masse compacte au-dessus de leur tête, puis s'en allait par un soupirail ménagé dans la façade, près de la voûte. Je lui parlai, m'efforçant de donner à ma voix des inflexions caressantes; mais, j'en fus pour mes frais : il ne daigna m'honorer ni d'une parole, ni d'un regard.

* *

Quinze ans plus tard, par une belle journée du mois de mai, j'arrivai à Moustier-le-Cornu, et, en descendant de la diligence, je me trouvai face à face avec le Père aux Serpents. Sa barbe et ses cheveux étaient devenus plus blancs que neige, mais le corps restait vigoureux et droit. Le vieillard était beau réellement, dans sa blanche toison; faisait songer à ces anachorètes qui vécurent au désert de la Thébaïde, dans les premiers siècles de la chrétienté. Pour fêter le retour de la saison nouvelle, il s'était couronné de fleurs et avait également paré son ami de guirlandes de roses sauvages, de chèvrefeuille et de coquelicots. Il chantait sa même mélopée, de sa voix toujours forte, et, comme autrefois, l'âne faisait chorus.

*
* *

Cette année encore, je suis allé visiter mon ami Léon Tournigas, mais je n'ai plus retrouvé le Père aux Serpents. L'hiver, si rude, que nous venons de traverser, l'a tué, lui et son âne ; ils sont morts de froid, et peut-être aussi de faim. L'on trouva les deux cadavres étendus côte à côte dans la montagne, près du *charoux* dont j'ai parlé plus haut.

L'homme s'était dépouillé de sa veste pour en couvrir son compagnon.

Pierre Jullian est mort à quatre-vingt-trois ans : pendant plus de soixante ans il a vécu de la vie des bêtes, et sans éprouver jamais aucune maladie. Voilà bien un cas qui déroute les lois de l'hygiène dans leurs principes les plus essentiels.

Pendant ses dernières années, quelques rares lueurs de raison traversèrent les ténèbres du cerveau de l'innocent ; l'on m'a cité de lui deux traits de lucidité : un jour, il rencontre un marmot en pleurs qui languit, dit-il, de voir sa nourrice ; il le met aussitôt sur sa charrette et le porte chez la nourrice, à trois lieues de Moustier-le Cornu. Une autre fois, il croise, sur son chemin, une arrière-petite-fille de son ancienne promise qui, paraît-il, ressemble fort à son aïeule ; et, comme la jeune fille prend à travers champs pour éviter sa rencontre : « Ne te sauve pas de moi, Victorine », prononce le Père aux Serpents, « je ne veux point te faire de mal. »

GUILLOTIN

Notre héros n'a rien de commun avec son homonyme, le célèbre docteur à qui nous devons la mécanique à trancher les têtes : le pauvre n'a jamais rien inventé.

En 1870, par une brumeuse matinée de décembre, c'est-à-dire en pleine guerre, un ballon porteur de dépêches, parti de Paris investi, vint s'affaler non loin de Reims, dans les bois de

Germaine, à la porte d'une cabane où vivait un berger, homme déjà sur l'âge, et son enfant tard venu, garçonnet de neuf ans, le petit Guillotin.

Le berger aida l'aéronaute à descendre de la nacelle, le fit fuir au plus vite et eut le temps de mettre les dépêches en lieu sûr, avant l'arrivée des soldats prussiens, qui, de loin, avaient vu tomber l'aérostat. Mené devant le commandant des troupes ennemies, le rustre refusa d'indiquer sa cachette ; promesses ni menaces ne purent l'ébranler. L'officier, exaspéré de ne pouvoir rien en tirer, le fit passer par les armes sans autre forme de procès.

L'enfant assista à toutes les péripéties du drame ; il vit son père tomber sanglant sous douze balles. Une fois leur œuvre accomplie, les bourreaux se retirèrent, abandonnant le fusillé dans le champ couvert de neige où il était tombé. Seul, le pauvre petit être veilla près du mort, pendant toute la longue nuit glaciale. A l'aube, il se leva et se mit à marcher sans but. Il avait perdu la parole et la raison.

Pendant des semaines, il alla droit devant lui, parmi les champs et les bois ; traversa les villages et les villes occupés par les Allemands ; enfin, exténué, il vint échouer dans un des faubourgs de Dreux, à plus de cent lieues de son point de départ. Une bonne vieille eut pitié de sa misère et le recueillit chez elle. Un voyageur, qui avait séjourné à Reims pendant la guerre, le reconnut et conta son histoire, ce qui acheva de le rendre sympathique à tous. A la mort de sa bienfaitrice, il fut adopté par le quartier, put vivre et se développer, au point de vue physique, sans connaître le besoin.

* *
*

Guillotin approchait de sa trentième année, lorsque nous avons eu occasion de le connaître. De taille moyenne, trapu, avec un cou de taureau, le menton carré, la bouche grande, le nez camard, les yeux gros et ronds, le front bas, la barbe et les cheveux en broussaille ; il n'était pourtant pas d'une laideur repoussante ;

il n'avait point le crâne déprimé ni le rictus permanent, ordinaires stigmates de la folie de naissance ; et, si ce n'avait été son regard sans expression et son perpétuel mutisme, l'on n'aurait pas dit, en le voyant, un être privé de raison.

Il était d'ailleurs tout à fait inoffensif et vivait de son travail, voici de quelle manière :

Entre la ville de Dreux, célèbre par sa chapelle, sépulture de la famille d'Orléans, et celle d'Anet, non moins célèbre par son château de Diane de Poitiers, s'étend une vaste forêt, en un coin de laquelle existent des sources d'eaux thermales, sur le territoire de Fermencourt. Vers le commencement de ce siècle, un industriel eut l'idée d'exploiter ces sources, fit exécuter des fouilles et éleva quelques constructions. Faute de clientèle, l'entreprise sombra. Or, dans le corps principal des bâtiments de l'exploitation, depuis plus de cinquante ans abandonné, le fou avait élu domicile en plein bois.

Tous les jours, de grand matin, il se levait, amassait dans la vieille futaie un fagot de branches mortes, le chargeait sur ses épaules et

venait le vendre au marché de Dreux. On le
payait avec un morceau de pain et quelques
restes d'aliments dont il faisait sa nourriture,
ou avec de vieilles hardes qui servaient à le
vêtir. Jamais on ne le vit que coiffé d'un vieux
képi de soldat.

Il avait l'air de savoir que le dimanche était
consacré au repos et au plaisir ; ce jour-là, il
semblait vivre d'une vie plus intense ; faisait un
brin de toilette, c'est-à-dire se lavait les mains
et la figure, et endossait ses vêtements les moins
déguenillés. Après avoir vendu sa charge, il se
rendait au café de la place Mézéreau, suivait
avec un vif intérêt les ébats des joueurs de
billard ; demeurait toujours silencieux, mais
témoignait par une mimique expressive sa joie
ou son désappointement, selon qu'un coup était
réussi ou raté. De temps à autre, il s'abreuvait
d'un fond de verre, vin, bière, liqueur ou eau-
de-vie, que lui abandonnaient les consomma-
teurs. A la fin de la soirée, lorsque l'établissement fermait ses portes, il sortait le dernier et

regagnait les bois, paraissant fort satisfait de sa
journée.

* *
*

Tout à coup, les habitudes du fou changèrent
complètement : le dimanche, on ne le vit plus
au café, il ne parut même plus à la ville ce jour-
là ; par contre, chaque jour de semaine, il arriva
de meilleure heure, apportant une charge plus
lourde que par le passé. Lui, naguère si indiffé-
rent au sujet de la rémunération qu'on lui
octroyait, devint, pour ainsi dire, âpre au gain ;
il grognait de contentement lorsqu'on lui apportait un restant de dîner présentable, était heureux, surtout, quand, par hasard, on lui donnait
une menue friandise, qu'il enveloppait soigneusement dans son sac, et à laquelle il se gardait
bien de toucher le long de la route.

Que s'était-il donc passé ?...

* * *

Dans cette même forêt où s'était établi Guillotin, au quartier dit des « Nonains », plus proche
d'Anet que de Dreux, vivait, depuis un temps
presque immémorial, une famille ou plutôt une
tribu de pauvres hères, venus on ne savait pas
d'où. On les appelait les « *Misères* », nul ne
leur connaissait d'autre nom. Ils naissaient, vi-
vaient et mouraient d'une façon indépendante,
n'appartenant à aucune nationalité, échappant
à toute inscription sur les registres de l'état ci-
vil. Avec de la terre et des fagots, ils s'étaient
construit de primitives cahutes où, pêle-mêle,
ils s'entassaient dans une malpropreté repoussante, dans une révoltante promiscuité. Les
hommes fabriquaient des paniers et corbeilles
d'osier et de menus ustensiles de ménage ; quant
aux femmes : les vieilles, qui passaient pour
sorcières, sillonnaient en tout temps les routes
de la forêt, disant la bonne aventure et vendant
les objets que les hommes fabriquaient ; les

jeunes, restées au camp, allaitaient les marmots, trituraient en plein vent une cuisine aux
étranges parfums.

Au nombre des enfants de la tribu, se trouvait alors une fillette de quinze ans, frêle comme
un jeune roseau, blanche comme un lis ; un profil de camée antique, avec des grands yeux bruns
et de longs cheveux noirs ; belle de cette
étrange beauté qui captive, qui, tout à la fois,
réjouit et navre le cœur. Parmi les plus belles
de la ville elle eût brillé, certainement, et paraissait plus belle encore au milieu des sordides
mégères qui formaient son entourage. Fleurette
était son nom.

Un jour, Fleurette étant venue cueillir de jeunes pousses d'osier, jusqu'auprès de la demeure
de Guillotin, le fou l'aperçut, la fixa un instant,
courut à elle et, malgré sa résistance et ses cris
désespérés, l'enleva dans ses bras, la porta chez
lui, dans une pièce du second étage, la plus
vaste et la mieux conservée de la maison.
Séance tenante, il se mit à lui installer un lit et
une table, et lui servit ses vivres les meilleurs.

Longtemps, la jeune fille refusa toute nourriture. Finalement, poussée par la faim et un peu rassurée par l'attitude respectueuse de son ravisseur, elle se décida à manger.

*
* *

Comment expliquer cet enlèvement ?... En voyant l'enfant frêle et maladive, l'idiot robuste et fort avait-il éprouvé ce sentiment inné qui porte tout être humain à secourir plus faible que lui ?... La prit-il comme on prend un petit oiseau, une bête mignonne, avec l'intention de la mettre en cage, de lui rendre la vie facile et de jouir de sa vue ?... Ou bien encore, obéit-il à un autre mobile ? Restait-il dans ce cerveau ankylosé une parcelle de l'instinct qui pousse l'une vers l'autre les créatures de sexe différent ?...

Quoi qu'il en soit, il se montra extrêmement bon pour sa captive. Il la séquestrait soigneusement, ne manquait jamais de barricader sa porte, en partant pour ses voyages quotidiens;

mais à son retour, il s'empressait de la
délivrer, lui servait ce qu'il apportait de
meilleur ; lui réservait exclusivement les
friandises qu'il avait tant de peine à se procurer,
lui donnait même des jouets d'enfant. Souvent,
il s'agenouillait à ses pieds, par imitation sans
doute de ce qu'il avait vu faire dans les églises
devant les images des saintes et de la vierge
Marie ; ses lèvres muettes s'agitaient comme
pour murmurer des prières ; sa physionomie
d'ordinaire impassible s'animait. Il paraissait
goûter un bonheur très grand à la contempler
ainsi, dans l'extase et dans l'adoration. Jamais
il ne porta sur elle une main impudique ; jamais
sa lèvre ne l'effleura d'un baiser ; et, si le dieu
Amour lui avait suggéré la pensée d'enlever la
jeune fille, il ne lui avait fait aucune révélation.

*
* *

Pendant plus de deux mois dura le bonheur
de l'idiot. Nul ne visitant jamais sa demeure,
des années auraient pu s'écouler sans que l'on

se doutât de la séquestration ; d'un autre côté,
les « Misères » ne s'étaient pas émus outre mesure de la disparition de Fleurette, ce n'était point
la première fois qu'une de leurs filles désertait
la tribu pour émigrer vers les villes, lorsque
sonnait pour elle l'heure de l'amour. Persuadés
que celle-ci avait imité ses devancières, ils ne
tentèrent aucune démarche pour la retrouver.

*
* *

Cependant, malgré les soins assidus, la tou-
chante sollicitude dont elle était l'objet de la
part de son geôlier, la captive trouvait le temps
long : elle éprouvait, avec une intensité très
grande, la nostalgie des huttes familiales, avait
un désir irrésistible de fouler à nouveau d'un
pied libre le sol de la forêt, et attendait avec
impatience une occasion de fuir sa prison.

Cette occasion se présenta.

Un jour que, sous l'œil de Guillotin, elle était
allée faire une promenade dans l'oseraie, elle

entreprit, pour se distraire, de fabriquer une
corbeille avec de jeunes pousses. Son compagnon s'empressa de couper un fagot de badines,
qu'il lui porta dans sa chambre. Le lendemain
matin, aussitôt que le fou, après avoir, comme
d'habitude, barricadé les portes, se fut mis en
route pour la ville, ployant sous sa charge de
bois, la jeune fille se hâta de tresser une corde
d'osier, la fixa par un bout au cadre de la croisée, la laissa pendre au dehors; puis, enjambant la fenêtre, elle se laissa glisser à bout de
bras le long de la corde, atteignit le sol et prit
la clef des champs.

*
* *

Lorsque le misérable, de retour du marché,
trouva le nid vide, il poussa des hurlements
affreux, fouilla la maison, puis les bois, puis les
fermes et les villages. Pendant trois jours et
trois nuits il erra comme une bête affolée, hur-
lant toujours, sans s'arrêter un seul instant pour

se reposer ou pour prendre quelque nourriture.

Le quatrième jour, dans la matinée, il se trouva sur le plateau de Flonville, près du champ de tir de la garnison. Un bataillon du 124e de ligne exécutait des feux.

En entendant les coups de fusil, Guillotin leva la tête; un travail parut s'accomplir dans son cerveau.

Ce bruit lui rappela peut-être l'exécution de son père, tombé sous les balles prussiennes ; peut-être eut-il une vague idée qu'avec ce bruit partait la mort et voulut-il entrer, comme son père, dans l'éternel et complet repos !...

Il pénétra dans le bois qui enveloppe les terrains de manœuvre ; fit un long détour ; arriva sans être remarqué derrière la butte; l'escalada jusqu'au sommet, et, soudain, se précipita sur la rampe, face aux troupes, au moment où éc'atait un feu de compagnie.

Les officiers et les soldats aperçurent, comme une vision fantastique, cette forme humaine rou-

lant sur le bord du talus. L'on cessa le feu et
l'on courut aux cibles; mais l'on ne releva qu'un
cadavre, criblé de blessures.

Le malheureux avait fini de souffrir.

LA BÊTE ÉCRASÉE

Notre bataillon était détaché à Lalla-Maghrnia (province d'Oran). Un conscrit de ma section se mourait à l'hôpital; j'allai lui faire une visite.

Le conscrit Bonneau n'était point un conscrit ordinaire : d'abord, il avait plus d'âge que nos sergents à trois chevrons...

Mais, prenons l'histoire de plus haut.

*
* *

Dix-huit mois auparavant, dans ce même village de Lalla-Maghrnia, était arrivé un Français, Bourguignon ou Franc-Comtois, le nommé Jean-Paul Bonneau ; il amenait avec lui sa famille, c'est-à-dire sa femme, jeune encore, et sa fillette, qui pouvait compter une douzaine d'années.

Le ménage avait ouvert une modeste buvette à l'usage des militaires, qui, dans le pays, forment l'élément principal de la population.

Nul ne savait d'où ces gens venaient, ni qui ils étaient ; nul, d'ailleurs, n'avait songé à se le demander : le papa Bonneau, bien qu'un peu taciturne, était, en somme, sympathique ; la femme, une Parisienne de pure race, chétive et pâlotte, mais fort jolie, de manières distinguées, réservée dans sa tenue comme dans ses propos, plaisait et imposait à tous le respect. Très rapidement, le débit avait amassé une sérieuse clientèle de sous-officiers et de soldats.

La période prospère avait été courte pour les nouveaux venus : un jour, la fillette succombait brusquement dans un accès de fièvre ; et, la même semaine, sa mère la suivait, emportée par la phthisie.

Le père, resté seul, avait essayé de continuer son commerce ; mais, le soldat ne va pas au cabaret uniquement pour boire, il aime bien à y trouver une figure agréable, quelqu'un avec qui l'on puisse causer. L'on n'avait plus remis le pied chez cet homme qui avait sans cesse la larme à l'œil.

Abandonnant sa maison déserte, Jean-Paul s'était, à trente-neuf ans, engagé volontaire chez nous, au 102e de ligne. Le hasard l'avait fait placer dans ma section. Je m'étais appliqué à lui atténuer les déboires ordinaires du débutant dans le métier. Mon *vieux bleu* venait d'être admis à l'école de bataillon, lorsqu'une maladie grave l'avait fait entrer à cet hôpital, où je venais le voir.

***

Il faisait une épouvantable chaleur, trente cinq degrés à l'ombre.

Je trouvai mon homme bien abattu. A ma
vue, pourtant, ses yeux s'animèrent, un peu de
rouge parut à ses joues. Il put se dresser sur
son séant.

« Sergent, me dit-il, vous avez été bon pour
moi ; je ne puis rien pour vous, aujourd'hui, pas
seulement vous offrir un verre ; rien que vous
prier de croire que je vous suis reconnaissant.
Merci beaucoup d'être venu ; je désirais vous
voir. Je sens que c'est la fin. J'avais besoin de
dire ce que j'ai sur le cœur, de le dire à un
homme capable de me comprendre et de m'é-
couter sans rire. Sûrement, vous me compren-
drez, vous, qui faites des livres, qui fouillez le
cœur humain, et je suis persuadé que vous ne
rirez pas.

» Ma confession est courte ; se résume au récit
d'un seul événement ; mais je suis si faible, que
je vous prie de ne pas m'interrompre, afin que
je puisse aller jusqu'au bout. »

⋆
⋆

« J'habitais alors Paris, où je venais d'achever mon droit.

— ?...

» Oui, mon droit ! moi, soldat de deuxième classe à quarante ans, j'ai étudié le droit.

» Je continue :

» C'était un jour du mois de juillet, dans la matinée. Le temps était beau. Je descendais à pied le long des quais de la rive gauche de la Seine.

» Je marchais, absorbé par de joyeuses pensées ; j'avais toutes les chances ! tous les bonheurs m'arrivaient coup sur coup : trois mois auparavant, j'avais appris que j'héritais d'une vieille tante, à peu près inconnue de moi ; les formalités de la succession étaient terminées ; je venais à l'instant de compter les titres et les billets de banque déposés chez mon notaire ; il y en avait pour deux cent mille francs, qui, ajoutés à mon avoir patrimonial, formaient un assez joli denier. Depuis deux jours, j'avais en poche mon diplôme de licencié et je ne désirais pas pousser mes études plus loin ; ayant depuis mon bas âge perdu mes parents, j'étais libre de mes actes. Un honorable négociant m'accordait la main de sa fille : la demoiselle était jolie et me plaisait fort, ainsi que la dot rondelette.

» Les fiançailles étaient fixées au surlendemain.

» J'avais vingt-quatre ans, ma future seize. Je voyais se dérouler devant nous trente années de félicité et de jeunesse ! Trente ans ! c'est-à-dire une éternité ! !

» Je ralentis le pas, comme oppressé par une joie orgueilleuse ! La terre ne me semblait pas digne de me porter !...

» Je venais de dépasser le pont de *la Tournelle*. Machinalement, je baissai les yeux : sur le trottoir, près du parapet, j'aperçus une toute petite libellule bleue qui voletait péniblement au ras du sol.

» Alors moi, jeune, riche, heureux, fort, j'eus

une *géniale* inspiration ; je trouvai bien d'affir-
mer en cette occasion ma puissance et ma su-
périorité à l'égard de l'être minuscule qui se
permettait de se trouver sur mon chemin : je
levai le pied et le laissai retomber sur l'insecte.

» Mon coup fut mal dirigé : au lieu d'écraser
la bête complètement, selon mon intention, je
n'avais touché qu'une partie du ventre ; le reste
du corps, protégé par le creux existant entre le
talon et la semelle de ma bottine, restait indemne. Ce frêle corps s'agitait en mouvements
désordonnés pour s'enfuir ; battait inutilement
des ailes ; la blessée demeurait collée à la dalle
du trottoir par les débris de ses entrailles.

» Je poursuivis mon chemin : j'avais en l'esprit des préoccupations d'un ordre trop élevé
pour accorder une seconde de plus à l'examen
de ce minime incident ; que m'importait, à moi,
la plus ou moins lente agonie d'une libellule !

» Peu à peu, ma joyeuse rêverie se précisait,
prenait corps, entrait dans les divers détails et
les coordonnait : j'arrivais au jour de ma noce ;
je voyais la jeune mariée toute blanche ; les

riches landaus, les nombreux invités; j'entendais le murmure d'admiration de la foule aux portes de la mairie et de l'église. Puis, c'était le banquet, les toasts portés en notre honneur... le lit nuptial... »

* *
*

« Soudain, je crus entendre un bruit... mais si faible, si léger, qu'il était à peine perceptible. Ce bruit n'émanait certainement pas de l'extérieur ambiant; il résonnait dans ma cervelle, discrètement : l'on eût dit le remuement de deux ailes de gaze... et je me rappelai : et je vis surgir la mignonne libellule, qui ne m'avait jamais fait de mal, qui n'en avait jamais fait à personne, dont l'existence ne pouvait nuire à aucun des êtres de la création et que je venais de martyriser, bêtement, atrocement; à qui j'infligeais un supplice comme n'en inventèrent jamais les tortionnaires du moyen âge pour les plus grands criminels !

» Je voulus chasser cette ridicule vision. Elle

revint, vivace et persistante, obsédante, comme un remords. Oui, un remords ! et si intense, qu'en arrivant à la hauteur du pont des Arts je fis demi-tour ; je revins sur mes pas avec l'intention de retrouver ma victime, de la délivrer et de la guérir, si c'était possible, ou de l'achever d'un seul coup, si la blessure me paraissait inguérissable.

» J'avais deux kilomètres de marche pour revenir au lieu de mon attentat. Je hâtais le pas : je me figurais porter avec moi le sort d'un malade que mon apparition allait tirer de son agonie ; dans la crainte d'arriver trop tard, je finis par prendre la course.

» J'arrivai. Je reconnus l'endroit du trottoir, il était marqué d'une tache sanguinolente. La bête n'y était plus... bientôt je l'aperçus : elle s'était délivrée toute seule et, péniblement, escaladait la paroi du mur qui longe le fleuve.

» Les conditions d'organisme et de vitalité chez les insectes ne peuvent être comparées à celles de la race humaine ; pour ces petits êtres qui ne durent pas plus d'une demi-saison, une

minute doit compter autant que pour nous une
journée : il y avait quarante minutes que j'avais
fait mon coup, et, déjà, l'horrible blessure était
presque cicatrisée.

» Prenant la bestiole dans ma main, je l'éle-
vai à hauteur de mes lèvres pour la caresser et
la réchauffer de mon souffle. Les antennes fé-
brilement s'agitaient. Sous le corselet, l'on dis-
tinguait nettement les palpitations du petit
cœur; je compris que les yeux rigides me
voyaient, que la victime reconnaissait son bourreau, s'attendait à de nouvelles tortures. Je crus
lire sur cette fine tête une expression d'épou-
vante et d'horreur... Les ailes s'ouvrirent en un
effort désespéré; la bête m'échappa. Tellement
était grande sa précipitation à me fuir, qu'elle
vola droit à la rivière. Ses ailes ne purent la
soutenir que quelques secondes; je la vis tomber et disparaître dans le flot.

» Longtemps, je demeurai immobile, ac-
coudé sur le parapet, très affecté de ce qui venait de se passer : moi, être raisonnable, j'avais,
sans nécessité aucune, martyrisé un animal

inoffensif ; et, lorsque pris de pitié je voulais lui
donner secours, mon intervention lui donnait la
mort ! »

*
* *

Mon malade s'était tu, suffoqué par l'émotion.

Je l'engageai à prendre un peu de repos,
mais bientôt il reprit d'une voix sifflante, sac-
cadée :

« A la date convenue, je me mariai.

» Mon beau-père étant mort, je pris sa maison, m'adjoignant un associé.

» Les affaires périclitèrent entre nos mains.

» Un beau jour, mon associé disparut, m'en-
levant ma femme et ma petite fille, et toutes les
valeurs qui restaient dans nos caisses, me lais-
sant avec la ruine et le déshonneur... Et c'est à
peine si j'osais me plaindre, étant convaincu
que j'expiais un de ces crimes que les hommes
ne punissent pas, un crime connu de moi seul.

» Après une absence de cinq ans, ma femme,

abandonnée par son séducteur, me revint avec mon enfant.

» J'aimais toujours ma femme, je la repris.

» Nous vînmes nous établir ici, dans ce pays perdu, où nul ne pouvait connaître notre passé, où un instant j'ai cru trouver la tranquillité.

» Il était écrit que, tous les trois, nous devions y laisser nos os.

» Oh! la libellule! l'assassinat de la chétive libellule est bien vengé!... »

*
* *

Je murmurai quelques banales paroles d'espérance au pauvre détraqué; mais, tout entier à ses pensées, il ne m'écoutait pas. Trois ou quatre jours après, il mourut. Nous mettions à ce moment sac au dos pour la campagne contre l'Allemagne, de sorte que je ne pensai plus guère à lui.

Ces temps derniers, passant par Lalla-Maghrnia, j'ai visité le cimetière chrétien, où dorment plusieurs des compagnons de ma jeunesse;

parmi les herbes desséchées, une croix de bois, très vermoulue, m'a fait reconnaître la fosse au fond de [laquelle, il y a vingt-cinq ans, les hommes [de la deuxième compagnie déposèrent leur conscrit vieux soldat; sa confession m'est revenue en mémoire.

L'EXPIATION

« Je vais partir, ma Gabrielle adorée; demain, mes yeux ne verront plus la lumière, et ma bouche sera muette à jamais. Mais, je le sens, l'*esprit* survit à la *matière*... Mon âme, qui ne peut cesser d'être, veillera sur toi, te gardera mon amour... Une affreuse pensée me torture !... quand je ne serai plus là ! que vas-tu devenir ? Si jeune encore, si belle ! tu seras aimée ! tu aimeras, peut-être ! ! !... Ah ! si tu m'oubliais, si tu pouvais te donner à un autre ! Je sortirais de ma tombe pour venir te reprocher ta trahison ! »

Ainsi disait le moribond. Sous son front pâle,
ses yeux brillaient d'un éclat extraordinaire;
entre ses lèvres amaigries, sa parole sifflait, en-
trecoupée d'accès de toux sèche et du hoquet
précurseur de la fin. Sa jeune femme, penchée
sur la couche d'agonie, essayait de le rassurer,
de lui sourire; faisait des efforts surhumains
pour refouler ses sanglots.

*
* *

Certes, le peintre Jacques Brémont avait eu
un bon numéro à la loterie de la vie : après une
adolescence heureuse, il avait débuté dans la
carrière d'artiste par des succès; il possédait
gloire et fortune à l'âge où tant d'autres cher-
chent encore péniblement leur voie; puis, vio-
lemment épris d'une jeune fille, et bientôt payé
de retour, il avait épousé sa Gabrielle, sa bien-
aimée.

Les deux époux étaient assortis, semblaient
créés l'un pour l'autre : *lui*, grand, bien fait,
pâle, avec de longs cheveux blonds et des yeux

bleus, beau de la beauté particulière des pré-
destinés ; *elle*, brune, au teint mat, avec des
lèvres pourprées, de grands yeux noirs aux re-
gards troublants, une taille élancée, une démarche de déesse.

Bien longue et bien douce avait été leur lune
de miel.

Mais, en pleine félicité, la maladie était sur-
venue ; Jacques en avait éprouvé les premières
atteintes un soir d'automne, à la suite d'études
en plein air ; d'abord, l'on avait cru à une pas-
sagère indisposition ; mais le mal avait per-
sisté ; les symptômes se manifestaient de la
phthisie pulmonaire, de celle qui ne pardonne
pas.

L'on avait mis tout en œuvre pour enrayer la
marche de l'*ennemie* ; l'on avait fui la capitale,
le petit hôtel des Champs-Élysées, nid charmant, où les jours s'étaient écoulés si rapides
et si heureux ; le jeune couple avait émigré vers
Nice d'abord ; puis, avait habité successivement
l'Italie, l'Algérie et la Grèce. Et les longs sé-
jours dans les pays du soleil n'avaient point

amélioré l'état du malade ; le mal suivait son
cours, accomplissait son œuvre de destruction.
De retour à Paris, après une absence de trois
ans, le peintre n'était plus que l'ombre de lui-
même ; les médecins, le voyant perdu sans ré-
mission et le jugeant trop faible pour supporter
les fatigues d'un nouveau voyage, avaient con-
seillé de rester à la capitale. L'on s'était installé pour passer l'hiver.

Gabrielle veillait sur son époux avec une ma-
ternelle sollicitude, l'entourait des soins les
plus tendres, les plus assidus ; ne pouvait se résigner à perdre toute espérance, à croire à
toute l'étendue de son malheur ; luttait avec une
opiniâtre énergie pour arracher ce mourant des
mains de la mort. Et son dévouement lui donnait sans cesse de nouvelles forces ; malgré les
chagrins et les fatigues de chaque jour, sa santé
s'était maintenue florissante.

Jacques Brémont avait un ami, Henri Delprat, son cadet de deux ans, comme lui peintre. Compagnons d'enfance, amis de collège, puis camarades d'atelier, les deux jeunes hommes étaient très attachés l'un à l'autre ; Jacques, célèbre dès son entrée dans la carrière, avait favorisé les débuts d'Henri, lui avait procuré des commandes, l'avait aidé de sa bourse et guidé de ses conseils ; Henri, reconnaissant, avait voué un dévouement sans bornes à son bienfaiteur, son maître et son ami.

Pendant toute la durée de la lune de miel, Jacques, entièrement à son bonheur, avait un peu négligé Henri, comme il avait négligé, d'ailleurs, toutes ses autres relations ; puis, étaient survenues les trois années de voyages ; mais, aussitôt réinstallé à Paris, il avait éprouvé le besoin de revoir ce fidèle ami, ce joyeux camarade, l'avait fait prévenir de son retour. Henri était accouru à son appel, et sa venue

avait apporté au malade un peu d'oubli et de
gaieté.

Henri Delprat, s'étant trouvé absent de Paris
à l'époque du mariage de Jacques, n'avait pas
eu l'occasion de voir encore Gabrielle. Dès sa
première visite à l'hôtel, il fut fasciné par le
charme incomparable qui se dégageait de toute
sa personne; par sa beauté paraissant plus res-
plendissante encore en présence du spectre dé-
charné qui était son mari. De nature loyale, il
s'efforça de ne voir en elle que l'épouse vertueuse
et dévouée; mais vainement il essaya de lutter
contre la passion naissante; un seul regard des
grands yeux veloutés lui faisait oublier toutes les
nobles résolutions prises; une force irrésistible
le poussait vers la femme de son ami.

Pour se soustraire à la tentation, il voulut
restreindre le nombre de ses visites; même les
cesser tout à fait. Jacques l'accusa d'indifférence
à son égard, le rappela avec insistance, et peu
à peu il devint le commensal de l'hôtel des
Champs-Elysées, l'hôte indispensable et quotidien.

★
★ ★

Gabrielle avait toujours pour son époux la
même affection ; elle eût donné sa vie pour le
soustraire à la mort ; mais elle était prise parfois d'accès de lassitude : ce joyeux garçon de
vingt-cinq ans, si bon, si dévoué, introduit
brusquement dans son existence solitaire, lui
avait tout d'abord inspiré une très vive sympathie ; sa présence avait le don de dissiper la
sombre nostalgie qui pesait sur elle ; chaque
jour elle attendait avec impatience l'heure de sa
venue.

La jeunesse et la vie vont à la vie et à la jeunesse, et l'amour appelle l'amour ! Ce qui devait
arriver arriva ; dans cette demeure, frôlée déjà
par l'aile de la mort, les deux jeunes gens valides
s'aimèrent, d'une façon toute platonique d'abord,
sans qu'aucune parole, aucun geste, vînt trahir
leur secret réciproque ; mais, peu à peu, dans
l'intimité d'une cohabitation presque journa-
lière, les aveux s'échangèrent forcément ; et,

dans un moment d'oubli, la FAUTE fut commise.

Et Jacques Brémont, arrivé au seuil de l'éternité, adresse à Gabrielle l'adieu suprême, la
supplie de lui rester fidèle au delà de la mort.

— Jure-moi, dit-il, de ne jamais te remarier,
de ne jamais en aimer un autre ; ce serment de
ta bouche adoucira mes derniers instants.

La malheureuse, abîmée dans une indicible
douleur, murmure de vagues promesses, mais
ne prononce point le serment.

**
**

Lorsque le peintre eut rendu le dernier soupir,
les deux coupables le pleurèrent ; veillèrent ensemble auprès de son cadavre. Après les funé-
railles, ils n'eurent point le courage de rompre
leur liaison ; chaque semaine, ils se virent secrè-
tement.

Au bout d'une année de veuvage, Gabrielle
devint madame Henri Delprat.

Cet hymen ne fut pas heureux ; les époux s'aimèrent, mais n'eurent jamais l'un pour l'autre

cette confiance sans limite qui naît de l'estime
réciproque, ne connurent point ces doux épan-
chements qui sont le privilège des êtres purs ;
chacun portait en son âme un souvenir doulou-
reux, une permanente obsession : Gabrielle re-
voyait Jacques Brémont râlant sur son lit d'a-
gonie ; entendait sa dernière prière qu'elle n'avait
pas exaucée. Henri était jaloux du mort et se
reprochait d'avoir trahi l'amitié.

*　*

Au bout de six mois de mariage, la jeune
femme s'affaiblit subitement, perdit l'éclat de
ses yeux, la fraîcheur de son teint ; les médecins
constatèrent qu'elle avait hérité du mal de son
premier mari, et, peu de semaines après, Henri
devint phthisique à son tour.

L'on eût dit que Jacques Brémont se vengeait ;
que, du fond de sa tombe, il les tirait à lui.

Connaissant la marche et l'issue certaine de la
maladie qui les tenait, ils n'essayèrent point de
lutter contre elle. Ils ne songèrent même pas à

quitter Paris, se cloîtrèrent dans leur hôtel et
attendirent résignés.

*
* *

Trois années se sont écoulées depuis que
Jacques dort au cimetière.

Novembre touche à sa fin. Les deux poitri-
naires, arrivés au dernier degré de faiblesse,
n'ont pu ce jour-là quitter leur chambre à coucher, cette même chambre qui a vu l'agonie du
premier mari.

C'est juste le troisième anniversaire de sa
mort. Ils n'en parlent point, mais tous deux y
pensent ; chacun se dit que l'heure approche où
à son tour il sera cloué dans la bière et descendu
dans le funèbre caveau... Lequel des deux va-t-il
partir le premier ?...

Gabrielle, en proie à une surexcitation fébrile,
s'est levée de son fauteuil ; elle essaie de marcher. Soudain ses forces la trahissent : sous
elle, ses genoux se dérobent ; elle veut se retenir aux plis de la tenture qui couvre un des

côtés de la pièce ; l'étoffe, peu solidement fixée,
se détache, entraînée par la malade qui tombe
tout de son long sur le parquet.

L'homme et la femme ont péniblement levé la
tête.

Sur le pan de mur, mis à découvert par l'arra-
chement de la tenture, une chose horrible apparaît !... Le spectre de Jacques Brémont ! !... Il
est là debout, près d'une fosse vide... Il semble
les fixer du fond de ses orbites creux... Les os
de son masque sont contractés dans un rictus à
l'expression indéfinissable... ses longs bras
tendus vers eux ont un geste d'invite !...

Le mourant a tenu sa menace ! Le mort est
sorti du tombeau ! ! Justicier implacable, il vient
chercher *ceux* qui ont trahi l'amour et l'amitié...

* *
*

Cette apparition n'avait rien de surnaturel. Au
temps où il était en santé, Jacques s'était amusé
à peindre ce sujet, la *Mort appelant les humains à
la tombe*, et, sur la face de la camarde, il avait

trouvé drôle de mettre ses propres traits. Au moment de son mariage, ne voulant point attrister sa jeune femme par la vue du tableau macabre, il l'avait fait disparaître derrière la tenture de sa chambre à coucher et ne s'en était plus préoccupé depuis.

Les deux malheureux ignoraient ces détails, étaient, d'ailleurs, trop fortement impressionnés pour qu'un raisonnement lucide pût se former dans leur cerveau. Ils échangèrent un seul regard, et, sans parler, ils se comprirent : le peu de vie qui leur restait devenait pour eux un insupportable fardeau, dont ils voulaient se débarrasser au plus vite. Henri ferma les portes et les fenêtres, boucha soigneusement toutes les ouvertures par lesquelles l'air aurait pu se renouveler ; et, dans le brasero placé au milieu de la chambre, ensemble ils allumèrent du charbon.

PAUVRE BOSSUE

Elle comptait bientôt vingt-cinq ans; avait
une abondante et noire chevelure; un visage au
fin profil, à l'ovale régulier, au teint de lis; de
grands yeux bleus à l'expression tout à la fois
triste et malicieuse; une petite bouche aux lèvres
de corail, aux dents nacrées. Jolie ? elle l'était,
sans contredit, et l'eût été bien plus encore, si
toute sa personne avait été en harmonie avec les
traits du visage; mais, la taille n'existait pas;
le buste, désespérément court, était porté direc-
tement sur de trop longues jambes, et, au bout

de bras démesurés, les mains maigriotes tom-
baient plus bas que le genou. Angeline était
bossue.

Elle avait son logement rue de Rennes, une
chambrette sous les toits, et travaillait chez une
grande couturière de la rue du 29 Juillet.

La vie, semble-t-il, aurait dû être assez sup-
portable pour elle, dans cet atelier où elle était
depuis dix ans, y ayant débuté comme apprentie.
Son habileté professionnelle et son assiduité
exemplaire lui avaient acquis l'estime de sa
patronne, et lui assuraient une certaine considération parmi ses compagnes de travail; et
pourtant, la pauvre n'était pas heureuse, restait
isolée au milieu de l'essaim de folâtres jeunes
filles riant et gazouillant du matin au soir : son
nom, qu'elle trouvait doux aux lèvres et à l'o-
reille, nul ne le lui disait jamais : on l'appelait
la boscote, pas autrement; et bien qu'elle ne
voulût point le laisser paraître, ce grotesque
sobriquet, répété sans cesse, l'affectait péniblement.

* *

Angeline souffrait aussi d'une obsédante préoccupation : elle était sur le point de coiffer sainte Catherine, et avait une peur atroce de rester vieille fille ; tandis que ses compagnes, quand elles s'en allaient en bande le soir, à la sortie des ateliers, avaient grand'peine à se défendre contre les poursuites des jeunes gens qui les arrêtaient au passage, leur faisaient des déclarations d'amour, devenaient leurs galants et parfois leurs maris ; *elle*, pouvait impunément à toute heure traverser les jardins, les ponts, longer les quais presque déserts, cheminer dans les rues populeuses ; nul ne lui adressait jamais la parole.

Cette indifférence des hommes, à son égard, elle l'attribuait peut-être un peu à son infirmité ; mais elle croyait surtout que son allure d'honnête fille leur en imposait, était la cause principale pour laquelle ils n'osaient point l'interpeller dans la rue ; elle était convaincue que si ses amies avaient tant de rencontres, c'est que, les premières, elles faisaient des *agaceries* aux passants; les enhardissaient par leur façon de marcher où de les regarder en face; elle croyait également que si elle, aussi, avait consenti à faire des avances, les amoureux ne lui auraient point manqué. Un sentiment de dignité native la retenait sur la bonne voie ; mais, son isolement lui pesait, elle était bien décidée à ne point laisser échapper la première occasion qui se présenterait à elle.

⁎ ⁎

Un soir, après s'être séparée de ses camarades, à la jonction du quai Voltaire et du quai d'Orsay, comme elle s'engage seule dans la rue du Bac, elle croit remarquer qu'elle est suivie. Surprise et curieuse de ce qui va se passer, elle accélère sa marche et va prendre le trottoir opposé. Le pas qui résonne derrière ses talons s'accélère à son tour, traverse également

la chaussée. Plus de doute, c'est bien à elle que
l'on en veut.

— Mademoiselle Angeline.

Son nom, qu'elle entend si rarement, est pro -
noncé d'une façon caressante ; elle s'arrête et
tourne la tête vers la personne qui vient de l'interpeller : c'est un homme ; il est jeune, grand
beau, bien fait ; elle le connaît de vue d'ailleurs,
car elle l'a souvent aperçu dans le magasin de
gros situé en face de l'atelier, où il paraît être
employé ; même, depuis plusieurs soirs de suite,
il vient papillonner autour de la bande des ouvrières et semble vouloir approcher Valentine,
la jolie essayeuse, nouvellement entrée à la maison.

— Mademoiselle Angeline, reprend le jeune
homme, je vous demande pardon d'oser vous
accoster ainsi : le bureau où je travaille est en
face de votre atelier, et il se rencontre que, comme
vous, j'habite rue de Rennes ; je suis donc dou-
blement votre voisin ; si vous voulez bien le permettre, mademoiselle, nous ferons route ensemble, et nous causerons amicalement ?

— Mais oui, monsieur, répond la jeune fille ;
je le veux bien.

Tous deux cheminent côte à côte, à petits pas,
le long de la rue du Bac. Pour pouvoir causer
plus librement, après avoir franchi le boulevard
Saint-Germain, ils s'écartent de la ligne directe,
prennent, à gauche, les peu passantes rues de
Varennes et de la Chaise, arrivent dans la rue de
Sèvres, entrent dans le square désert.

Le jeune homme apprend à la jeune fille qu'il
se nomme Georges, et est employé aux écritures
dans le magasin qu'elle connaît. Il lui dit que
depuis longtemps il l'a remarquée entre toutes
ses camarades ; que son allure honnête et modeste l'a séduit ; pendant des mois, retenu par
la timidité, il a gardé son secret ; mais, il n'aurait pu le garder davantage : il a profité de la
rencontre fortuite de ce soir pour l'aborder et lui
ouvrir son cœur. A satiété, il lui redit qu'il
l'aime, qu'il n'a jamais aimé et n'aimera jamais
qu'elle seule ; et, mille fois, il se penche vers
elle, embrasse ses noires tresses, son front, ses
lèvres, ses yeux. La pauvre enfant croit rêver ;

écoute, dans un ravissement indicible, ces propos qu'elle n'a jamais entendus ; ne songe pas
un instant à se soustraire à ces baisers d'amour,
jusque-là ignorés d'elle, qui la grisent et la font
se pâmer au bras de celui que déjà elle appelle
son « Georges bien-aimé ».

*
* *

Aussitôt rentrée chez elle, Angeline se regarde dans son miroir: ses joues ont le teint de
la rose fraîchement épanouie, ses lèvres sont hu-
mides et pourprées, ses yeux brillent d'un éclat
extraordinaire ; jamais elle ne s'est vue aussi
jolie; elle comprend très bien qu'elle ait pu inspirer de l'amour à son Georges avec un visage
pareil. Sûrement, elle s'était trompée en croyant
qu'il recherchait Valentine, lorsque, le soir, il
venait rôder autour de la bande des modistes re-
gagnant leurs demeures ; c'était à elle, Angeline,
qu'il en voulait ; c'était bien elle qu'il aimait, et
pas une autre.

La pauvre bossue, après avoir pris son frugal

repas, se couche dans le petit lit, entre les rideaux blancs ; longtemps elle rêve tout éveillée,
fait mille riants projets d'avenir, et, lorsque
enfin le sommeil vient clore sa paupière, Georges n'a point quitté sa pensée; en songe, elle le
voit; il est là, près d'elle ; il lui prodigue ses
serments d'amour et ses baisers.

*
* *

Le lendemain soir, à la place même où elle
l'avait rencontré la veille, Angeline trouva
Georges, sans façon accepta son bras. Le troisième jour, elle l'y rencontra encore, et, leur
familiarité s'étant accrue, les jeunes gens dînè-
rent ensemble dans un restaurant du quartier
Montparnasse, assistèrent au concert de la rue
de la Gaîté, et, à la sortie, se promenèrent fort
tard dans la rue.

La petite bossue ne regagna point sa chambrette...

Le jour paraît.

La tête lourde, Angeline s'est éveillée à son

heure habituelle; elle regarde autour d'elle, un
peu effarée de ne pas se trouver entre ses blancs
rideaux, dans sa couchette de jeune fille, où elle
repose chaque soir depuis dix années; mais elle
se remet aussitôt : tous les incidents de la veille
se retracent, les uns après les autres, d'une
façon bien lucide dans sa pensée. Elle ne regrette rien. Son Georges ne lui a point parlé encore mariage; mais à présent que la faute est
commise, il va sûrement lui en parler. Il faut attendre que cela vienne de lui, c'est plus conve-
nable; la jeune fille ne doit jamais être indis-
crète et forcer la main du jeune homme. Bientôt
il va s'ouvrir à elle à ce sujet; et, comme elle va
lui répondre « oui » de bon cœur!... L'on fera
une noce modeste; elle invitera seulement ses
plus anciennes amies : Laure, comme demoiselle d'honneur; puis Blanche, Ninie, Charlotte.
Elle, Angeline, sera la MARIÉE! Celle à qui tous
les hommages seront adressés! Jamais plus on
ne lui dira « la boscote »; on l'appellera *madame*.
Elle aura un *mari*, comme les femmes qui ne
sont pas bossues : et un beau mari, encore, et un

bon, qui l'aura choisie entre toutes et qu'elle va aimer de toute son âme...

L'on entend un bruit de pas sur le carré. L'on frappe, à la porte de la chambre, deux coups secs. Georges se lève aussitôt ; elle le supplie de ne pas ouvrir ; il ne l'écoute pas, fait tourner la clef dans la serrure ; deux jeunes hommes entrent sans façon, arrivent jusqu'au milieu de la pièce.

La pauvre fille, toute honteuse, se fait petite autant que possible, cherche à se dissimuler dans le lit. Mais Georges vient relever le drap qui couvre son visage, la force à se montrer aux jeunes gens. Ceux-ci se mettent à rire, et l'un d'eux dit :

— Toutes nos félicitations, mon cher ; vous avez gagné le pari.

Puis ils font demi-tour et s'en vont.

Après le départ des visiteurs, Angeline s'habille à la hâte, car l'heure approche de se rendre au travail. Maintenant, elle paraît triste, préoccupée ; elle demande à son amant quel est ce pari qu'il vient de gagner. Georges lui parle d'autre chose, cherche à éluder la question ;

mais, avec opiniâtreté, elle y revient ; enfin, le
jeune homme lui répond :

— Puisque, à toute force, tu veux savoir, voici
la chose : lundi, un de mes camarades de bureau
disait, en parlant des modistes de ton atelier,
que, toutes, elles étaient légères, excepté la Boscote. Moi, j'ai répondu, par manière de plaisan-
terie, que la Boscote était comme les autres et
que je me faisais fort de l'amener dans ma
chambre après trois jours de fréquentation. Mon
camarade m'a contredit ; j'ai maintenu ce que
j'avançais. Finalement, nous avons parié cent
francs : lui, que je ne t'aurais pas ; moi, que je
t'aurais avant la fin de la semaine. Nos deux ar-
bitres sont venus ce matin pour constater si j'a-
vais gagné. Es-tu contente, maintenant ?...

La malheureuse a écouté, sans l'interrompre,
la singulière confidence de son séducteur : sa
langue reste collée à son palais. Elle ne pleure
point. Une pâleur livide s'étend sur ses joues, et
un tremblement convulsif agite ses lèvres.

— Tu sais, ajoute Georges, il ne faut pas m'en

vouloir ; j'avais parié, mon honneur était engagé, je ne pouvais pas reculer. Et, surtout, ne
va pas conter la chose à ton atelier ; cela ne
t'avancerait à rien et pourrait me faire beaucoup
de tort, car je veux, maintenant, reprendre ma
cour auprès de mademoiselle Valentine.

*
* *

La Boscote a quitté la chambre de Georges.
Elle prend la rue Saint-Placide, la rue du Bac,
tenant son petit panier dans la main droite,
comme toujours ; elle a oublié seulement d'a-
cheter ses provisions pour le déjeuner. Ses yeux,
fixes, paraissent ne rien voir ; l'on dirait même
qu'elle n'entend plus, aucun bruit ne lui fait retourner la tête. Ses jambes grêles la portent
droit devant elle, d'un mouvement automatique
et saccadé. Elle doit, sans doute, se rendre à
l'atelier, car elle suit son itinéraire habituel...
Mais, après qu'elle a franchi le pont Royal, au
lieu de tourner à droite, vers la voie qui longe le

palais des Tuileries, elle prend, sur sa gauche, l'escalier qui descend au fleuve.

Et jamais l'on n'a revu, depuis, la pauvre bossue.

———

CONTE DE NOEL

Au dehors, la nuit noire ; le vent du large souffle en rafales, pousse hors de leur lit les flots de la mer, qui viennent se briser avec fracas aux roches détachées de la falaise ; et, dans la dernière maison du bourg, Marguerite veille, seule avec son petit François, garçonnet de six ans, qui sommeille, affalé, près de l'âtre à demi éteint, et qu'elle ne songe pas à coucher.

Elle est jeune encore, Marguerite, à peine trente ans, et belle de cette beauté robuste qui réside dans l'harmonie des formes, dans la régularité des traits du visage ; que n'entament pas les morsures du hâle ; qui, longtemps, résiste aux années.

Pourquoi donc reste-t-elle ainsi isolée, la jeune femme, pendant cette longue soirée de la veille de Noël, où parents et amis se réunissent pour aller tous ensemble à la messe de minuit, et fêter ensuite, en un joyeux réveillon, la naissance du fils de Marie ?... Pourquoi donc est-elle restée isolée, et pourquoi pleure-t-elle ?... La malheureuse n'a plus personne au monde, plus que son enfant ! Ne voulant attrister personne du spectacle de sa douleur, elle a refusé toute invitation.

Au mois de juin dernier, la flottille a quitté le port de Granville pour s'en aller pêcher aux bancs de Terre-Neuve, sur la côte d'Amérique, là-bas, bien loin. Le capitaine Pierre, l'époux de Marguerite, faisait partie de l'expédition. En octobre, la saison terminée, tous les bateaux sont revenus ; seule, la *Marie-Jeanne*, la barque de Pierre, manquait à l'appel, et nul n'a pu donner de ses nouvelles.

L'on a cru d'abord à un simple retard ; mais,

à mesure que passaient les jours, les craintes sont venues ; le retard persistant, il a bien fallu se rendre à l'évidence ; chacun est persuadé, dans le pays, que la *Marie-Jeanne* est perdue, corps et biens ; l'on a célébré un service funèbre pour le repos de l'âme de ses matelots.

Longtemps, Marguerite a espéré, et, maintenant encore, bien que deux mois se soient écoulés depuis la rentrée des derniers retardataires, bien qu'il n'y ait plus d'illusion possible, elle ne peut se résigner à croire à toute l'étendue de son malheur : Dieu est si puissant, la sainte Vierge est si bonne, et elle les a tant priés tous deux ! Pourquoi ne se mettraient-ils pas d'accord pour accomplir un miracle, pour lui rendre son Pierre, le père de son enfant, son époux bien-aimé ?

Et, pendant que résonne le tic tac de l'horloge vermoulue, que craquent les murs de la maisonnette sous le souffle de l'ouragan, la pauvre femme laisse vagabonder sa pensée.

Elle se voit toute jeune fille auprès de sa vieille mère veuve. Elles habitaient cette même maisonnette isolée, à l'extrémité du bourg de Saint-Pair, qu'elle occupe encore aujourd'hui. Un soir qu'elle était allée très tard jusqu'à Granville livrer un travail de couture, Pierre, le fils de sa patronne, un beau garçon de vingt ans, avait, à toute force, voulu la reconduire jusqu'à sa maison. Chemin faisant, il lui avait fait une déclaration d'amour, et, tout de suite, elle s'était sentie attirée vers lui, avait cru à la sincérité de sa parole. En se séparant, ce soir-là, les deux jeunes gens s'étaient juré l'un à l'autre de s'épouser et de s'aimer jusqu'à la mort.

Mais les parents de Pierre n'avaient point voulu entendre parler de mariage avec cette jeune fille honnête, mais pauvre; ils avaient tout fait pour rompre leur liaison. Elle se rappelle ses grands chagrins d'alors, les larmes versées quand elle croyait Pierre perdu pour elle. Hélas! qu'étaient ces chagrins et ces larmes, comparés à l'angoisse horrible qui la torture depuis deux mois!

Malgré des difficultés sans nombre, les amoureux avaient continué à se voir en secret. Pierre adorait Marguerite, et il était bien décidé à vaincre tous les obstacles pour rester fidèle à la foi jurée; rien n'aurait pu ébranler sa résolution. Leur temps d'épreuves avait duré trois ans; enfin, la famille s'était laissé fléchir, leur union avait eu lieu. Certes, les débuts du ménage avaient été pénibles; les jeunes époux ne possédaient rien au monde; mais, grâce [à un labeur incessant, l'on n'avait point connu la misère noire. L'amour leur faisait trouver la vie bonne; la naissance de leur petit François avait achevé de les rendre heureux.

Pierre, intelligent et actif, avait vite gagné l'estime de ses chefs; novice, puis matelot, puis second au long cours et au cabotage, il venait d'être nommé capitaine, un peu avant le départ pour Terre-Neuve. Un armateur lui avait confié le commandement de son bateau. Désormais, la considération lui était acquise, l'aisance allait entrer à la maison.

Continuant l'examen du passé, Marguerite se remémore son grand-père, son père, ses oncles, ses deux frères, tous marins, tous morts, pris par la mer ! Et cette mer vient de lui prendre encore son époux, son Pierre bien-aimé !... Lui si habile, si courageux, comment donc a-t-il pu périr ?

Elle le voit à son bord, ballotté sur la mer livide, au milieu d'un brouillard épais. De tous côtés les vagues se dressent, hurlent menaçantes, sifflent et se tordent, pareilles à des milliers de reptiles démesurés. Soudain, surgit un fantôme noir, le steamer ! A toute vapeur il s'avance, rencontre sur son passage la *Marie-Jeanne* : sa proue aiguë, coin immense de fer, entre dans le frêle navire, le coupe en deux tronçons ! Un lugubre craquement, quelques appels désespérés couverts par le bruit de la tempête ; ce qui fut la *Marie-Jeanne* s'engloutit peu à peu... Pierre, nageur intrépide, lutte contre la mort, tente de s'accrocher aux épaves... Inutiles efforts ! une vague le saisit, l'élève à son sommet, le plonge sous les flots ; une autre le reprend, le roule, le heurte contre les débris de son bateau ; et une autre le reprend encore, et personne n'est là pour lui porter secours ! Le

16

steamer, impassible, a continué sa route, et les
ténèbres s'épaississent de plus en plus.

La malheureuse femme a poussé un rauque
gémissement. Elle maudit la mer impitoyable
et, pour la première fois de sa vie, sent gronder
en elle des idées de révolte contre ce DIEU
qu'elle a si souvent imploré ; qui, pouvant toute
chose, ne lui a pas conservé son époux. Pourquoi permettait-il la collision !... Pourquoi n'a-
t-il point tiré Pierre de la mer !... Pourquoi ne
le lui rend-il pas dans cette nuit d'universelle
allégresse ?! !

Affolée, elle se dresse, marche à grands pas
dans la chambre.

Le bruit a réveillé le petit garçon.

— Maman, quelle heure est-il, maintenant ?
C'est minuit, n'est-ce pas ?

— Oui, mon enfant, il est minuit passé. Je
t'avais oublié ; viens vite te coucher.

— Maman, j'ai mis mon sabot dans la cheminée ; petit Jésus doit être passé, à présent : il
m'aura laissé quelque chose. Tu sais bien, l'an-

née dernière, il m'a apporté un beau bateau. Papa était ici.

Entièrement absorbée par sa douleur, la pauvre femme n'a point pensé aux cadeaux de Noël ; elle dit à son fils :

— Petit Jésus a bien des cheminées à visiter ce soir, il n'a pas eu le temps de venir encore chez nous. Sois tranquille, mon François, il passera cette nuit, et demain matin tu trouveras ses étrennes.

— Mais si, maman, il a eu le temps de venir, puisqu'il vient du côté de la mer et que notre maison est la première ; il commence par nous. Tu le sais bien, papa l'a dit.

Et l'enfant se dirige vers l'arrière-pièce de la chambre à coucher. Machinalement sa mère a pris la lampe et le suit.

— Il n'y a rien, maman. Pourtant j'ai été bien sage ?

— Oui, mon chéri.

— Maman, petit Jésus demeure bien toujours chez le bon Dieu ?

— Oui, mon François.

— Maman, j'ai dit à petit Jésus que je ne voulais pas de jouets cette année, que je le priais seulement de nous apporter petit père qui est avec lui chez le bon Dieu. Peut-être ils n'auront pas pu passer par la cheminée...

Marguerite a tressailli. L'on frappe à l'entrée de la maisonnette ; elle a cru entendre une voix.

— Mère, c'est Jésus, je te dis ; petit Jésus avec petit père ; ils n'ont pas pu entrer par la cheminée et ils viennent par la porte, voilà.

Marguerite, la tête perdue, agissant comme en un rêve, trouve encore la force d'ouvrir ; puis ses genoux chancellent, elle s'affaisse sur le sol sans pouvoir prononcer une parole.

Dans l'entre-bâillement de la porte, le capitaine Pierre apparaît...

Le marin prend sa femme dans ses bras, la porte sur le vieux fauteuil, s'empresse de la ranimer pendant que François rit et pleure, lui parle de petit Jésus, grimpe après ses jambes et saute à son cou pour l'embrasser...

— Et maintenant, dit Pierre, étalant sur la

table un paquet de victuailles qu'il avait laissé
à la porte et un paquet de jouets que lui a remis
en passant le petit Jésus, maintenant, ma chère
Marguerite, que te voilà remise un peu, que je
t'embrasse et que j'embrasse François; puis
nous allons faire le réveillon et je vous conte-
rai mon histoire.

FIN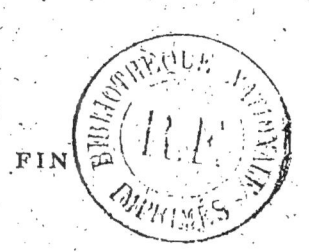

TABLE

—

Emile Colin — Imprimerie de Lagny

VICTOR HUGO. *Légende du beau Pécopin et de la belle Bauldour.*

AVIS DE L'ÉDITEUR

Le but de la collection des *Auteurs célèbres*, à **60** *centimes* le volume, est de mettre entre toutes les mains de bonnes éditions des meilleurs écrivains modernes et contemporains.

Sous un format commode et pouvant en même temps tenir une belle place dans toute bibliothèque, il paraît chaque quinzaine un volume.

CHAQUE OUVRAGE EST COMPLET EN UN VOLUME

POUR LES N°° 1 A 260, DEMANDER LE CATALOGUE SPÉCIAL

En jolie reliure spéciale à la collection, **1 fr.** le

(ENVOI FRANCO CONTRE MANDAT OU TIMBR

PARIS. — IMPRIMERIE E. FLAMMARION, RUE RACINE.

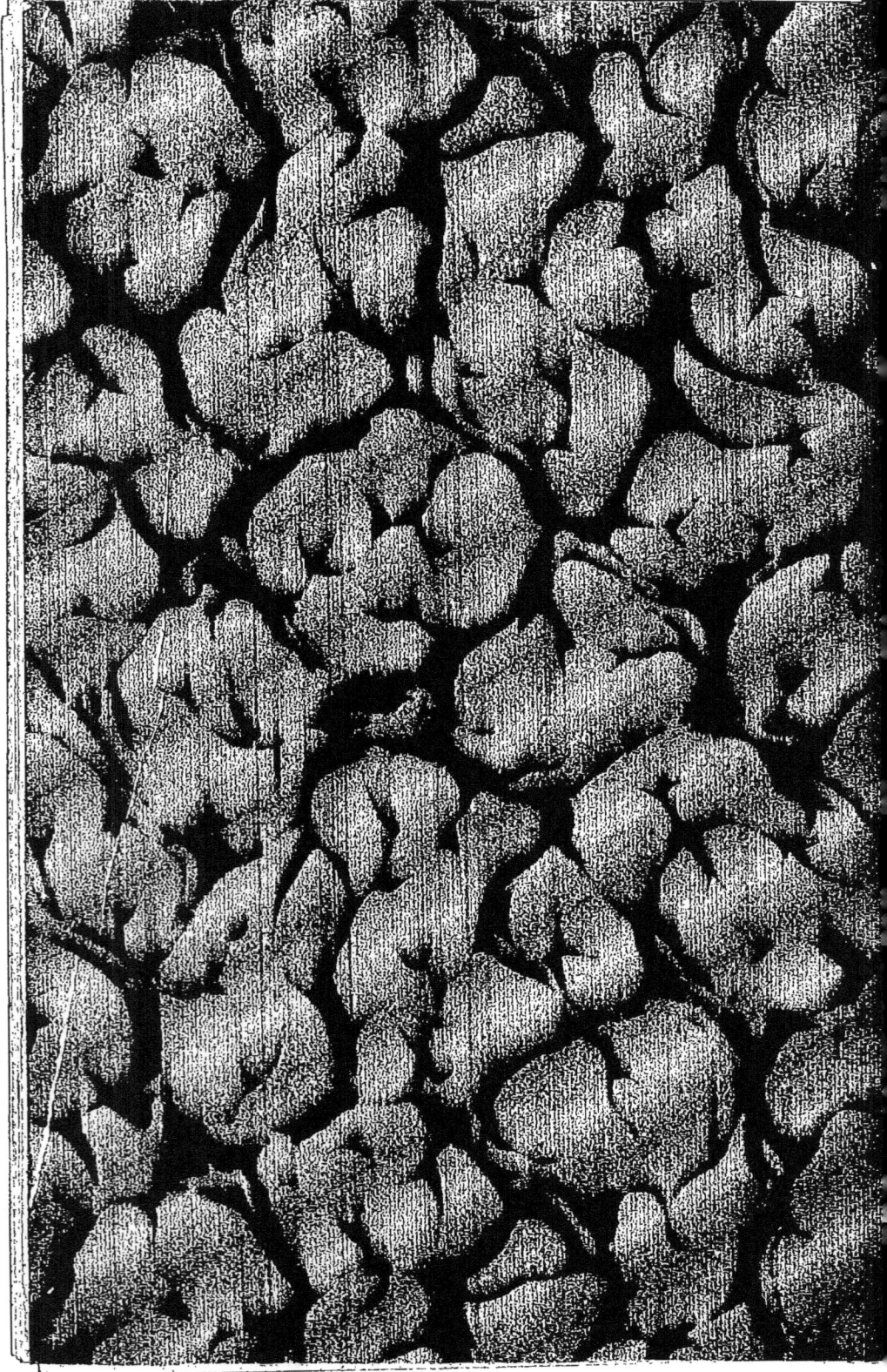

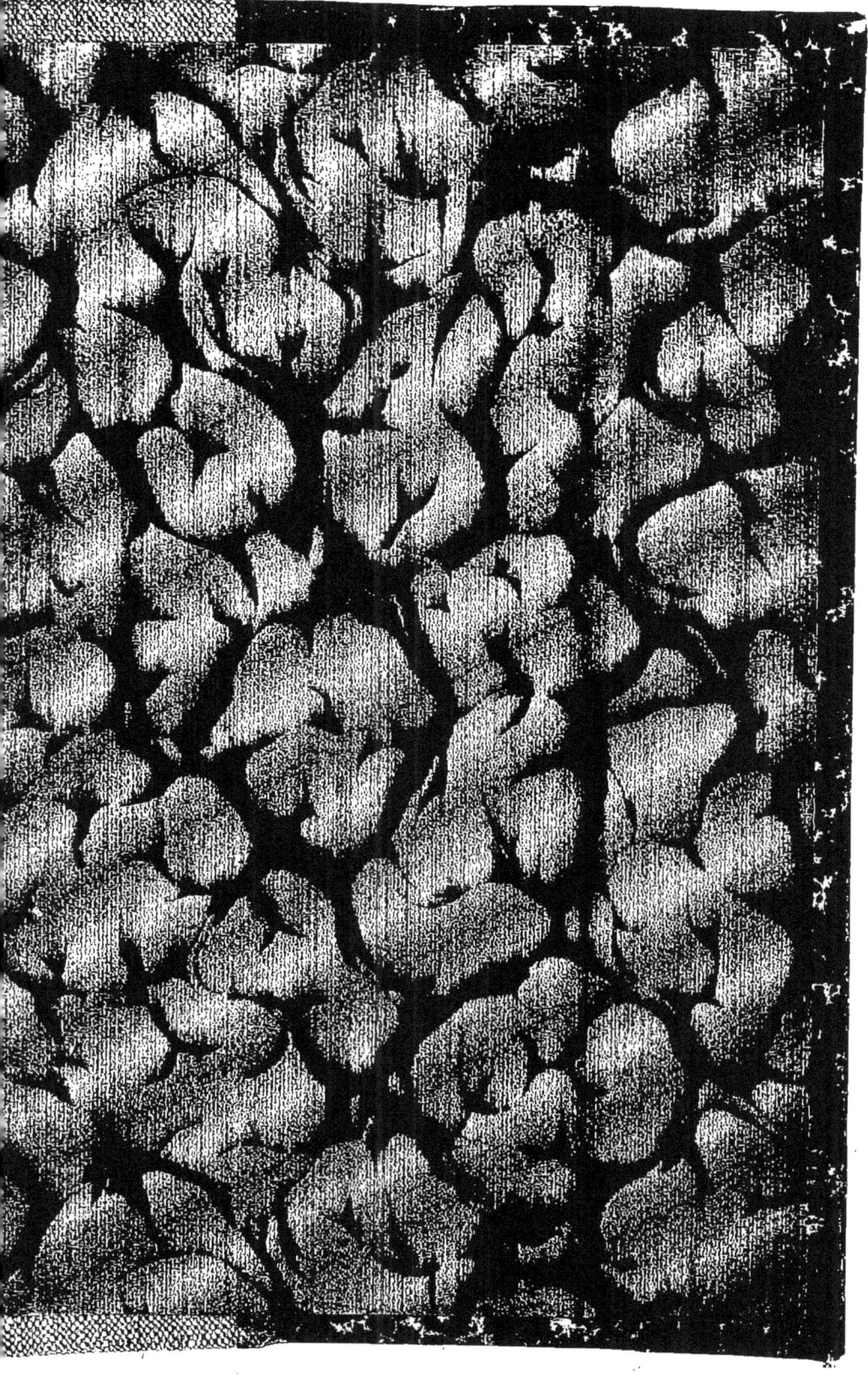

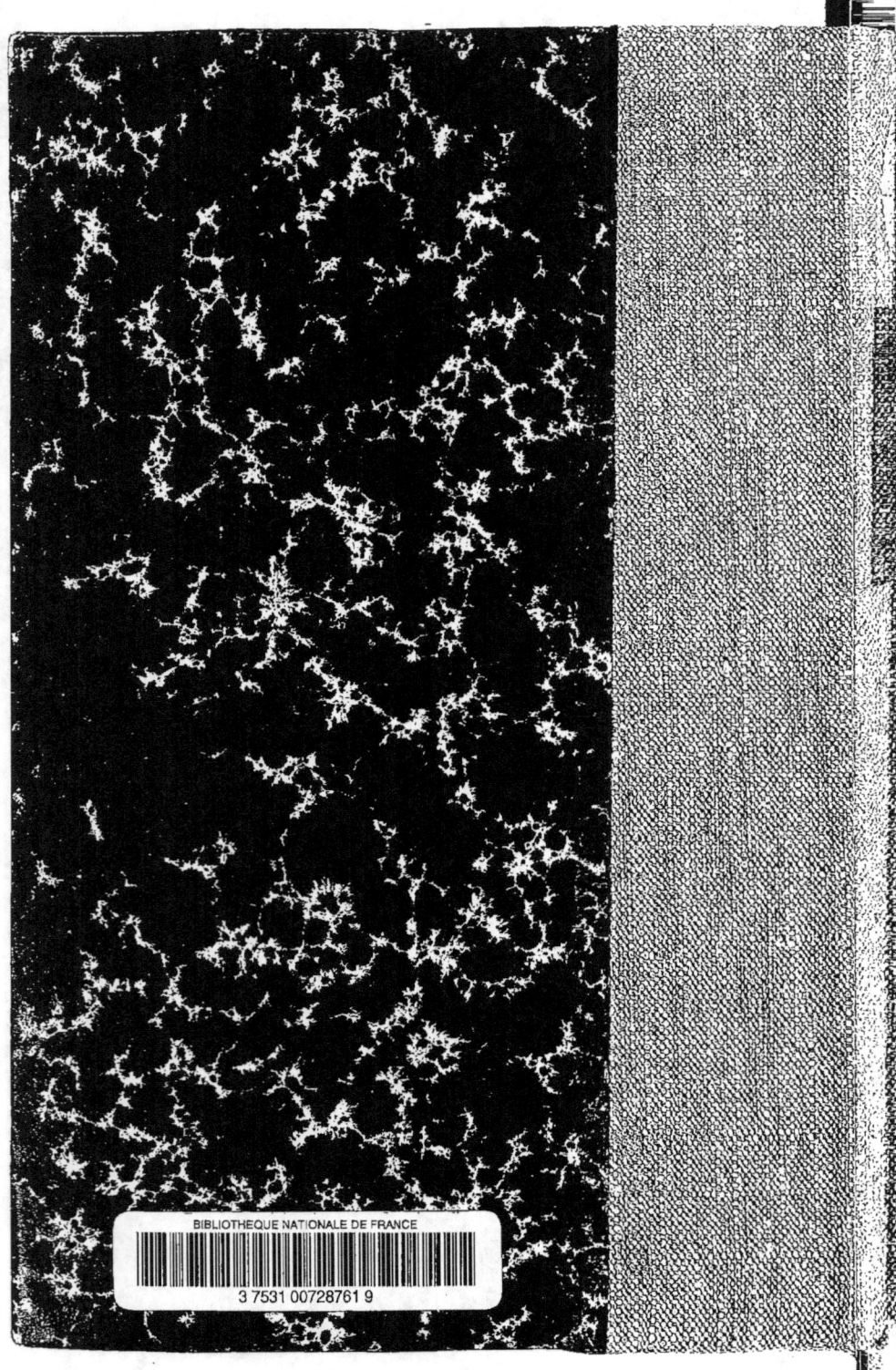

www.ingramcontent.com/pod-product-compliance
Lightning Source LLC
Chambersburg PA
CBHW070501030726
47503CB00004B/1132